青春，在下個街角

中學生作文集

楊秀嬌×主編，林家媛×插畫

開心投下心目中理想書名

校長投下神聖的一票

學生踴躍投入書名票選活動

對書名票選活動關注的學生，時時查看票數結果

824陳祿紅同學獲得徵求書名活動320票，《青春，在下個街角》成為此學生作文集書名

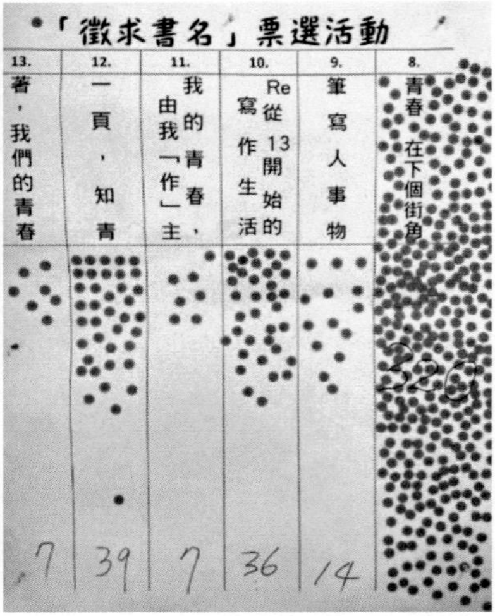

《青春，在下個街角》獲得320票，成為第三本學生作文集的書名

【推薦序】

關於青春的美好共鳴

桃園市教育局長　高安邦

內壢國中楊秀嬌老師多年來指導學生作文，迄今將有第三本作文集的問世。從《那一年，我們十三歲》，到第二本《少年十五二十時》，到現在的《青春，在下個街角》，我要向秀嬌老師說這些孩子真棒，內容有感性、親情、回憶及期許。以國中生來說，這些作品都是極品，內壢國中的教育訓練是非常成功的。

讓學生看到自己的作品付梓是一件有成就感的事，過去我擔任過大學教授，看到自己的書經過了努力之後出版感到十分的高興，身為一個作者，總是希望自己的表達不論是觀念或情感都能引起讀者的共鳴。內中的學生你們的作品引起了我的共鳴，也得到我的稱讚，希望這件美好的事，在楊秀嬌老師的帶領下能繼續發揚光大。

我為你們的成就感到驕傲，也為你們的努力表達肯定，並獻上祝福，希望能提供很多學校的學生學好作文的借鏡。

【推薦序】

流金歲月的美好記憶

內壢國中校長　林棋文

秀嬌老師請我幫內壢國中即將出版的第三本學生作文及寫序，讓我感動也感謝。承蒙她不嫌棄我拙劣的文筆，只好在此獻醜。

繼《那一年，我們十三歲》及《少年十五二十時》兩本書之後，又一本學生作品集付梓成書。看著秀嬌老師將作品交給我時的奕奕神采，眼神透露出的彷彿是一位母親迎來新生命的喜悅，那般誠摯動人的邀約，著實讓我感動非常。

從事國文教學多年的秀嬌老師，專注於培養孩子的閱讀與寫作能力。尤其這兩年，擔負著本校閱讀推動的重責大任。即使困難重重、即使不被看好，即使……，但她默默耕耘與付出，以她慣有的和藹笑容面對許多的不可能。經常看著她腳步匆匆的穿梭校園中，忙著張貼學生作品，忙著張羅學生各項比賽，更忙著獎勵孩子的優異表現。一刻不得閒的她，默默的，不知在何時批閱著一篇篇學生的徵文投稿作品。在我們心疼她的忙碌，還來不及請她腳步歇一歇之際，她倏地拿出這本學生作品集請我寫序，一時還真讓我錯愕，她是如何辦到的呢？她對教學工作的熱忱與無怨付出，身為校長的我，心中滿是感謝，我們的孩子何其有幸，能遇此良師！

此外，也感謝內中同學們，願意將自己作品無償集結出版。這本作品集是你們與老師攜手完成的心血之作，想必會成為你們人生中最好也最值得珍藏的禮物。你們用筆為流金歲月定格外，也共同為內中的閱讀活動留下美好印記。

閱讀與寫作是我們能帶著走的能力。有閱讀習慣的孩子心靈永遠是充實與富足的。秀嬌老師在各項閱推活動中，最重要的是提供學生發表作品的空間，這是最能鼓勵學生寫作的方法。現在是第三本學生作品集，在秀嬌老師如此用心推動下，相信會有更多老師與同學願意投入這個閱讀與寫作的行列，也相信不需多久，很快就可看見第四本、第五本、甚至更多的作品問世。

【推薦序】

青春歲月的成長足跡

內壢國中教務主任　李孟倫

小時候，看到自己的作品被張貼在佈告欄，雖然有點害羞，但內心是非常高興的，感覺被肯定，讓我更有動力去努力精進。我想，秀嬌老師幫孩子們的作品集結成書，並付梓出版，就是要給孩子們大大的肯定，在成就感的驅動下，更能讓孩子繼續追求卓越。

秀嬌老師來到內壢國中，陸續在二〇一三年出版了《那一年，我們十三歲》、二〇一五年出版了《少年十五二十時》共兩本學生的作文集，書中收集了任課班、校內老師推薦的優良作品，都幫孩子留下了美好的記錄，成為孩子一生中美麗的收藏。

這兩年擔任本校圖書館閱讀推動教師，為了讓孩子們更喜愛閱讀，親近圖書館，辦理了許多閱讀推廣的活動，包括閱讀心得抽抽樂、圖書館尋寶活動、好書介紹、走讀桃園……等許多活動。其中，「每月徵文比賽」的主題包含了友情、親情、校園生活、自我期許……等，透過多元的題目讓孩子發揮更多的寫作天賦。

期待今年的第三本《青春，在下個街角》的出版，為內中孩子的青春歲月再次留下珍貴的足跡。

【推薦序】陪孩子玩一場創作遊戲

內壢國中國文老師　吳家蓉

前幾天，和書中幾位「小小作家」閒聊。其中一個小女孩，漾著清亮的雙眸，帶著雀躍，欣喜地說：「我的作品可以出書了嗎？我可以翻閱我的文章，就像翻閱其他作家的作品一樣耶！我實現了當個作家的夢想！」其他的孩子也泛著笑容，七嘴八舌地分享彼此的心情。我望著那一張張純真的臉龐，欣賞那屬於青春的最美風景。

是呀！你們勇於記錄自己的青春情事，留下一篇篇真摯動人的篇章。或許沒有名家嚴謹的布局結構，行雲流水的跌宕，但就是這份不加修飾，青澀的筆調，讓我們感受到情意的真誠，引發青春的共鳴，我們——不也是如此走過年輕？

大部分的孩子，都害怕提筆寫作，因為他們都認為：作文就是要像參加作文比賽一般，一定要有精巧的修辭，優美的詞藻，因此畏於提筆，羞於分享。我總是鼓勵孩子：文章要寫得好，的確需要多思考，多斟酌，學習駕馭文字的能力。但開始寫作時，先把這些包袱丟在一邊吧！就像和你的好朋友說說話，分享心情。用心去觀察、感受身邊的美景與人情。就當說個故事給老師聽！

於是我們一起欣賞：櫻花紛落的春天；荷風傳香的夏日；蟲聲唧唧的秋夜；晨曦送暖的冬陽。我們一起感受父母無微不至的關愛；師長殷殷教誨的期盼；同學切磋學問，玩耍嬉戲的活力；我們一起體察社會新聞的脈動；一起揮灑年輕歲月的色彩——然後陪著孩子玩一場創作遊戲，留下一篇篇屬於年輕的扉頁。這些字句，串起了孩子的成長，也豐富了孩子的人生。

感謝秀嬌老師平時鼓勵孩子投稿，給予孩子機會，讓他們擁有一個寫作發表的平台，實現小小作家的夢想。而我們藉由這一本孩子們的作品，一同品味著孩子分享的青春，回憶屬於我們的純真年代，一起翻閱年輕。

【主編序】

為人點燈，明在我前

內壢國中老師　楊秀嬌

佛家語有云：「為人點燈，明在我前。」最近對這句話的感觸越來越深，我想是因為這些年我有更多機會為他人做更多的事，當付出越多的時候，越是感到收穫最多的是自己，所有的教育工作者應該都有同感吧！

從二〇一〇年開始，首先是在自己所任教的班級蒐集學生優秀的文章，順利的在二〇一三年出版第一本中學生作文集——《那一年，我們十三歲》，之後推而廣之，向校內國文科老師徵求各班佳作，於二〇一五年出版第二本中學生作文集——《少年十五二十時》。有了這兩本作品的廣大迴響與好評，以及學生獲得成就感的鼓舞，讓我更加鼓足勇氣，向學校建議舉辦每月徵文比賽，雖然是一件吃力不討好的工作，但是，只要是能有助於學生增進寫作能力的事，再麻煩也是值得的。所以，我們自二〇一六年三月開始至十二月，已舉辦了八個月份的徵文，有三百多人次參與了這項活動，學生的潛力被激發出來了，許多作品讓人驚艷。本書則選出六十多位學生共八十七篇的文章，集結成《青春，在下個街角》一書，這是內壢國中第三本學生作文集了。

我們每月訂出一個徵文主題：三月主題「跟樹木說話」，配合萬物欣欣向榮的春天。四月主題「閱讀與我」，配合四月二十三日「世界閱讀日」及校內閱讀月的活動。五月則配合「母親節」為主題，歌頌母愛的偉大。六月主題「發現校園」，讓學生關注每天生活的環境並作一番省思。九月則結合「品格教育」徵文——「心中的小太陽」，全校每個班級都踴躍投稿了。十月至十二月我們與「小桃子樂園」的徵文做了結合，主題分別是：「這些年我學會的事」、「我的美味關係」、「我有一個夢」，對於自我探索，透過文字書寫又更加深刻了。自從去年十一月參加了「閱讀典範教師頒獎典禮」之後，讓我對遍佈在台灣各個角落默默為閱讀推動付出的老師讚佩不已，知道有無數的熱血老師無怨無悔地在閱讀推動的崗位上兢兢業業，他們所做的努力是我必須努力學習的。

出版學生作文集感到最開心的就是：學生得知自己的文章可以出書之後的那份喜悅與成就感。那是比中了第一特獎還要高興的一件事，更是一份金錢所買不到的快樂，不僅榮耀了自己更榮耀了父母，這些都是讓我堅持下去的動力。

本校出版的第三本學生作文集，尤其要感謝一直非常支持本校辦學的桃園市教育局高安邦局長，在校長的邀請之下不吝為此書撰寫推薦序文，讓學生的努力獲得局長的鼓勵，是全校師生最感榮耀的。另外，還要感謝書中提供文章的六十多位學生與十七位老師，讓閱讀寫作師生一起動起來，也感謝校長、孟倫主任與協助寫作指導的老師們，因為有眾人的努力付出才有第三本學生作文集的付梓。最值得開心的還有這本書的書名《青春，在下個街角》，是經過全校師生共同票選產生的，讓出書這件事將全校師生的心連在一起。

希望這本書不僅可以提供想學好作文的孩子們參考的手邊書，還可以讓內壢國中的師生們留下生命中的美好回憶，就像我們的大家長祺文校長在推薦序文中提到的：這是一本「流金歲月的美好記憶」。

目次

6月徵文主題　發現校園

9月徵文主題　心中的小太陽

雜感

師長文采

3月徵文主題
跟樹木說話

一生的摯友

張淑文

前些日子回到鄉下的外婆家，外婆十分熱情地歡迎我們。進入老舊的屋子裡，便有一種滄桑感。外婆拿出剛採回來的水果給我們吃，就這樣，我們度過了一個歡樂的時光。

下午，父母到果園幫外婆抓蟲並整理果園，我便躺在外婆的腿上，吹著微風，跟外婆嚷著要聽故事。外婆慈祥地一邊摸著我的頭，一邊述說她一生的摯友——一棵蘋果樹。

她說：「小時候，曾經被一棵小小的蘋果樹救了一命。可能是當時命運的齒輪已經轉動了吧！我竟然因為一次的貪玩，跑到了後山，忽略了當時正在戒備的美軍轟炸。可是，就當我還不知曉危險的到來時，竟然鬼使神差地跑到一個小山洞裡。當時的我還在疑惑為什麼要跑到這個小小的山洞呢！可是呀！就是因為這一次的舉動，讓我遠離了爆炸範圍，平安地活了下來。山洞裡的那棵蘋果樹，讓我躲過了災難。蘋果樹看起來瘦弱，好像快死了，於是乎，我便把它搬到了現在的果園內。在我初中時，每天一放學就一定去看看它、和它聊天、澆灌它。就這樣，它陪伴了我一整個童年。可是，好景不常，當我年紀越來越大時，它就越來越老，而且蟲害不斷，讓它好幾次在鬼門關前徘徊。終於有一天，實在看不下去了，看它的身軀被風吹雨打，被害蟲啃食，簡直如同癌症一樣，不管對它再多再好的照顧，依然十分虛弱，在它生命的最後一刻，我彷彿聽到它在低語，述說著它的不捨，我的眼淚早已不爭氣地掉下來了。」

說到這裡，外婆的面容早已被淚水浸濡了，我聽完之後覺得：每個人的心中都有一棵樹，每當學到一個新知之後，心中的樹就會盛開，而你漸漸遺忘時，那棵樹也會凋零。

我記憶中的那棵樹

呂安蕎

樹，與我們的生活形影不離，只要走在路上便可以看到樹。在我小時候的記憶中，有一棵樹就像朋友一樣陪我玩樂也陪我成長——芒果樹。

在家裡排行老么的我，因為跟姊姊年歲差距有點大，也玩不太起來，所以每次回鄉下老家都頗無趣的，但我有一個願意陪我玩耍的大朋友，他待人不錯，天氣熱總是會幫我們遮陽，他寬闊的肩膀可以讓旅行的鳥兒歇息一會兒。當季節一到，我們便可以嚐到好吃的芒果，他也不會嫌我們吵鬧的聲音，就只是靜靜地陪著我們。

在我開心時，他的樹葉輕輕搖晃著，好像跟著我一起快樂地笑著，而我也開心的抱著他，他樂意的與我分享他的歡樂。在我憤怒時，他也只是靜靜地陪在我身旁，我可以把心裡的不愉快全都丟到他身上，甚至當我極度憤怒時，還可以用我的小手拍打他，他也不會因此而不開心，反而就這麼讓我發洩著。在我悲傷時，他掉落下來的葉子擁抱著我的身體，默默地安慰著我，我用淚水澆灌他的土壤，以回饋他的溫柔，也讓我哀愁的心情漸漸平復。

我們一天天的成長，他也一天天衰老著，回想過去要離開鄉下返家北上時，都還感受不到什麼不捨，但長大以後才終於明白，一天天衰老的芒果樹不知道還會在那兒多久，不捨之情也就一天天增加，只盼望回鄉下的時間一到，從車上直奔而下，投向芒果樹的懷抱。

畢業之樹

羅苡瑄

畢業時分，鳳凰花已盛開。我還沒去找陪伴我六年的樹奶奶——那棵鳳凰。

那年盛夏，我踏進了這個校園，一進校門就可一覽校園，在我的前方正是那棵鳳凰，看著那棵樹總有一股特別的感覺。我又和平常一樣，坐在那棵樹下，看著校園裡熙來攘往的人群，突然有個聲音叫住我，我東張西望地找了又找，卻還是沒有找出聲音的來源。聲音又來了，她說著：「孩子！我在這兒，我正是那棵你可依靠的鳳凰樹，叫我樹奶奶就好了。」這實在是太不可思議了！就這樣，我每天都一個人跑來找樹奶奶聊天，聊在學校發生了什麼事，天南地北地聊，聊都聊不完。

日復一日，每天都做著相同的事，每年都看著鳳凰花盛開、凋零更迭著，時光荏苒，換我展翅高飛了。那年的鳳凰花又開滿枝頭，心中充滿感傷，但也由衷感謝，謝謝樹奶奶的陪伴，豐富了我的童年。站在她的面前，我說：「謝謝奶奶！我也會像您一樣，堅強茁壯，等我回來了，我會是個成熟的孩子。」

風吹著樹奶奶，感覺像是和我揮手，和我道別，一股離愁湧上心頭，我大聲地說：「等我回來！奶奶！」這六年來與奶奶的回憶封存在心裡，至今歷歷在目，不忘當年的誓約：「我一定回來的，奶奶！」

給親愛的樹小弟

黃詠揚

自從國中入學以來，我一直負責外掃區的工作。七年級時掃地區域為活動中心，比起這個地方，我更喜歡現在的掃地區域——北大門的烤肉區及停車場。當每天一早，走入北大門時，即刻映入眼簾的是一棵獨自兀立的大樹，而我負責的區域，就是在那棵大樹下方的停車場，我和他堅貞不渝的友情也在此展開。

初次見面時，他衣冠不整、不修邊幅的邋遢模樣令我印象深刻，表情帶點羞澀，我心想這就是我打掃的所在。於是，我二話不說，立刻提起掃把、拿起畚斗地清掃他掉落地上的頭髮，順便輕拍他說：「有我這個神奇造型師，包你變型男！」在微風中，他也輕輕點頭答應，我們就這樣成為好朋友。

往後，我們的關係趨向於互助的好朋友，他可以為我遮陽擋雨，我可以為他整理儀容。但有一天，他哭得極傷心，我一看才得知他遭到惡貫滿盈的同學霸凌，身上留有傷痕，我安撫他許久才漸漸緩和他的情緒，他十分感謝有我在身邊安慰他。自此以後，我們更成為莫逆之交，什麼也不可摧毀我們堅固的友情。

樹小弟啊！我們相處已半年有餘，但我並不可能永遠在你身旁保護你，你應當自立自強，更該長得更高更壯，好讓你能保護其他弱不禁風、害臊羞澀的人，就像我對你那樣。

樹木對我的低語

王科元

朔風吹來，地上一片片金黃的葉，經過凜冽寒風吹拂早已破碎不堪，常駐在此的鳥兒都不知飛去哪裡了，唯有一棵仍舊生機盎然的參天大樹遮住了陽光，或許在這屹立不搖了幾十年，抑或是幾百年？樹皮已被居在此處的松鼠抓破了好幾層皮，雖然內裡腐爛不堪，卻在這裡記錄著歷史真實的痕跡。

樹，他沒有哭泣，我倚靠在他的身軀旁，時間彷彿在他身上流轉著，歷史的長流把他推向未知的世界。風依然吹著，我看到他還是堅持不懈的向上，再向上，花兒笑他可悲，鳥兒笑他可憐，松鼠笑他癡。它們卻忘了昔日大風曾把自己連根拔起、摔至地面、逼進洞內。我抬起頭，看著他蒼老的臉，地上的小樹苗也看著他，他緩緩地移動視線，像爺爺一樣慈祥地看著我們；像屋宇一樣替我們遮風擋雨；更像世界的守護神，呵護著地球。就算這樣，樹爺爺還是繼續保護著環境、愛護著大家。

我還依稀記得，有一次跟蝴蝶仙子玩耍時，她帶我到了祕密基地，一轉眼世界突然變得浩瀚無比，一陣陣的香氣撲鼻而來，眼前一層層鬱鬱蔥蔥的巨樹，一束光頑皮地鑽進葉的縫隙內，耳朵聽著樹的呢喃，瞬間沉醉於林中的美妙；從此以後，樹先生、樹小姐成為我出遊的最佳夥伴，他們總是以安靜、讚許的眼神鼓勵我與他們聊天，伴著鳥語花香……

但是這些年來，樹木們被一輛輛無情的怪手摧毀殆盡，須臾之間，面目猙獰的土石流怒吼著衝向河谷……，人類對大自然的破壞與日俱增，帶給環境沉重的壓力。若有一天，地不再綠，天不再藍，這些美好的事物就因為人們的貪婪、自私，一個個消失在世上，最終的結果依舊是回擊至自稱為「萬物之靈」——人類身上的。草木是環境中彌足珍貴的一顆夜明珠，你是否有盡到保護他們的責任？我們應該要讓這些環境中的夜明珠靜謐祥和的在地球上永遠生活下去。

日暮時分，出外獵捕食物的鳥兒回來了。夕陽西斜，樹爺爺又帶給我這美好的一天，彷彿我的良師益友般，教會我對大自然應有的尊敬。我望著他，又到了道別的時刻，我默默祝福他平安健康，也期望他繼續守護我們，直到永遠。

樹林有如荒漠上的一片綠洲，為地球上的每一處灰暗的城市帶來一片光明。樹活在每一個人心裡，活在每一個家具中，活在每一段詩文內；他，是平凡中的不平凡，帶給世界每個角落如詩如畫的美。

4月徵文主題
閱讀與我

最愛「有聲書」

田孟慈

我國小一、二年級時非常不喜歡看書，還記得那時每個禮拜都會有從別班推過來的書箱，我一本都沒有看過，圖書館對我來說是個很好玩鬼抓人的地方，根本不會想拿起任何一本書起來閱讀，覺得閱讀是浪費時間的行為，出去玩還比較有意義。直到國小三年級時老師給了我一本書，那本書改變了我的人生。

我已忘記那是一本什麼樣的書了，但我卻深深地沉醉在閱讀的這片大海，無法自拔。我開始把家裡那些堆到已經滿是灰塵的書一本本仔細閱讀，也把我拿來跟同學玩時當作飛鏢的借書證拿去圖書館借我有興趣的書，不管是百科全書、漫畫、小說、繪本……等，我都會借來看，不管什麼時候都在看，上課下課、考完試、寫完功課、甚至在搖晃的公車上，只要有時間我就會開始閱讀。漸漸地我不跟任何人玩，誰來找我玩我都覺得他們在浪費我的閱讀時間，所以都會無視他們，我的好友就開始越來越少，開始沒有人要跟我說話，但我覺得沒有關係，只要有書陪我就好，直到有一次要分組了，老師發現沒有任何一個人要跟我同組，他們都說：「她只會看書，什麼都不會，我才不要跟她同一組呢！」老師得知後就來找我聊聊。

老師說：「閱讀沒有什麼不好，可以學到很多課外知識，但是只會看書是沒有用的，要去多多體驗。你看，像書上說要怎麼樣對待其他人，你都讀懂了有什麼用，要去使用才有意義，而且人也是一本本的有聲「書」，他們擁有自己的故事和不同說故事的語調和口氣，說不定還比你手裡翻的有趣一百倍呢！」所以我開始去閱讀這一本本的「有聲書」，正如老師所說的，他們的故事比我看的書有趣且真實好多好多，有些充滿歡笑有些充滿淚水，有些驚心動魄有些平淡無奇，這都是他們的故事，也是我的故事。

我現在仍持續不斷地在閱讀，但我最愛的還是那一本本「有聲書」，每次只要到了一個新地方，我就會增添一些新的「有聲書」，你要不要也來送我一本呢？

我的閱讀初體驗

宋文郁

開始喜歡上看書是幼稚園的時候。

那時我剛從台中轉學到桃園，離開了深愛的家人、熟悉的街道，不擅長交朋友的我，只覺得無比孤單。然後我注意到了，在大家打鬧、嬉戲的時候，教室的角落總是坐著一個女生，靜靜地看書。

反正也沒事可做，就看看書吧！我隨手拿了一本書櫃上的繪本，「噗通」一聲坐在她旁邊。

她驚訝的抬起頭看向我。我有點難為情的轉移視線。

「因為很無聊，所以……」

她點點頭，繼續低下頭看書。我翻開繪本。

由於是給小孩子讀的繪本，每個字都有注音，而且圖畫的成分總是占比較多。不過對於當時才幼稚園中班的我來說，還是會有幾個看不懂的字。

怎麼辦？問老師嗎？不對，那太丟臉了。這樣大家都會知道我看不懂這個字。我的眼神僵硬的滯留在那個筆劃很多的字上。

「蟻。」她開口了。

「什麼？」

「那個字是螞蟻的蟻。」

「喔、喔……那這個呢？」

「攀。攀爬。」

我崇拜的看著她。「妳真的什麼都知道欸……」

「多看就會知道了。」她紅著臉回答。

在那天之後，我多了一項新的興趣。在休息時間和她一起坐在角落看書。遇到不會的字可以馬上問她，看完覺得不錯的繪本之後，我們兩個就會交換著看。雖然她沒有說出來，不過有個伴可以陪她一起看書，她大概也很開心吧！

幼稚園畢業之後，我們上了同一所小學，下課時間常常一起到圖書館看書。這時候我們已經能開始看全文字、沒有注音的小說了。

在寧靜的小角落和她一起並肩看書，沉浸在書中的奇幻世界，是小學生活中格外幸福的時光。不管是被老師罵了、還是跟同學吵架了，只要翻開書，似乎瞬間就能將那些難過的事情拋到九霄雲外去。

現在想想，當初有下定決心在她身邊坐下、翻開那本書真是太好了。因為翻開那本書的同時，我也翻開了我「閱讀生涯」的第一頁，並為之後無數的美好故事寫下了序。這是我的閱讀初體驗，你呢？

我愛閱讀

趙月華

每個人或多或少都有自己的興趣或嗜好，而我，特愛閱讀。

還記得，國小那時候的我非常排斥閱讀，看的書也全都是只有圖的漫畫，一直到某一年的兒童節，我接觸到了人生中第一本的勵志小說。不知為何我不受控制的瘋狂閱讀，把所有煩惱抛在腦後，只求能多了解一點那個我未曾了解的板塊，恨不得一次把書中的所有道理、所有我所不知道的事物即刻灌入腦中，而那次之後，閱讀成了我最好的朋友。

孟德斯鳩曾說過：「喜愛閱讀，就等於把生活中寂寞無聊的時光換成巨大享受的時刻。」現在的我就是如此，在開始閱讀了勵志小說後，我又不斷接觸各類小說，愛情、科幻、人文等等我都不排斥，因為藉由閱讀我看見了自己所有的無知，但藉由閱讀我也讀出了更多的作者所創造、所體驗過的不一樣的世界。在書裡我彷彿飛行員一般，能盡情翱翔世界的每一個角落，能看盡句中敘述的每一個美麗風景。只要我想，我便可以隨時身處在世界各地，把一切的一切貪婪地收入囊中，而書本便是那乘載我的飛機。想必這也是為何我至今仍深陷書海無法自拔的原因之一吧！

我愛閱讀，書是我不可或缺的良師益友。作者的生花妙筆帶給了我視覺所無法感受的文字衝擊，這不只提高了我的眼界，也給了我更多的思考及表達。書陪伴我度過每一個寧靜的午後，每一次我都能獲得全新不一樣的觀念，還有作者所創造的美好世界。未來，如果有機會，我也希望自己可以成為一個世界的創造者，帶給讀者一個前所未見的世界，讓更多人體驗到閱讀的美好。

我愛閱讀

王子千

我愛閱讀，閱讀帶我飛向幻想的國度，享受天馬行空的快樂；閱讀帶我進入奇幻的世界，體會驚奇刺激的冒險，閱讀豐富了我的生活。

在我空閒的時候，我常常會邊聽著音樂邊翻閱著我喜歡的小說或繪本。我最近看了一部非常有趣的繪本，這本書的主角是一隻叫做茱蒂的兔子，她從小的夢想就是當一位刑警，而在她的認真努力下，成為了第一位兔子刑警，維護動物世界的秩序。看著看著，我彷彿也成了兔子警察，為查明案情的真相鍥而不捨；為捉拿幕後主嫌絞盡腦汁，直到破案的那一刻，我竟也忍不住歡呼起來。閒暇時間也因這短暫的閱讀，愉悅了起來。

我常幻想著自己擁有魔法，可以實現我的願望，幫助我克服困難，但是現實生活不可能滿足我的幻想，於是我藉由「閱讀」這枝神奇的掃把飛進了魔法的世界。每次當我心情低落時，我總會拿起小王子這本書來看一看，我覺得自己好像也和小王子一樣，有一個自己的小行星，在這顆行星上，我可以盡情的跑跳，不再有任何煩惱。想著想著，自己似乎又回到無憂無慮的童年。閱讀可以讓我轉換心情，拋開煩惱。

法國的孟德斯鳩曾說：「喜愛閱讀，就等於把生活中寂寞無聊的時光換成巨大享受的時刻。」這段話述說了閱讀帶來的樂趣，閱讀使我感受生活的喜怒哀樂，體會人生的悲歡離合，為我帶來源源不絕的精神食糧。

影響我最深的一本書

林芳瑀

閱讀，可以影響一個人內心的想法，也可以使心靈得到慰藉。而閱讀，也可以學到教科書沒教我們的知識，甚至得到精神層面的安慰。

目前為止，最撼動到我內心深處的書是張藝興的《而立24》。可能是我正好對未來徬徨不安吧！書中提到他從當練習生的過程、挫折，還有成為偶像後的風風雨雨。也許別人看了沒感覺，但是我陪了他近兩年，所以感情挺深厚的，就容易了解他。裡頭提到他到韓國，半句韓文都不會、練習練到半夜兩、三點也不喊累，甚至為了追求跳舞的輕盈感，在腰上綁沙袋跳舞導致腰受傷。他能有今天，都是他的堅持和努力打拚來的。

「努力不一定會達到目的，但努力一定會有一個努力的結果，無論結果怎麼樣，和不努力肯定是不一樣的。沒有人可以決定自己會有什麼樣的未來，但那些積累在身體的感覺，決定了當你可以站起來的那一刻，你會是怎樣的站立姿勢，也決定了你未來站立的地方。」「所立之處，決定了看到什麼樣的風景，承受什麼樣的責任，展現什麼樣的自我，活出怎麼樣的未來。」這是在這本書中讓我印象最深刻的兩段話。他說得沒錯，有努力跟不努力真的不一樣，想要成功就只有努力努力再努力。說真的，看完這本書就感覺得到很多力量，原本想放棄的事也想奮不顧身往前衝，腦袋有一陣聲音傳來！「你的偶像都在拚命了，你還在幹嘛？別人都還在努力，你有什麼資格放棄？」是啊！我就只知道坐在那兒，卻什麼事都沒做。

現在我理解了，有目標就要極力去爭取，受了傷也無所謂，不受傷就不會有動力，況且，受傷是短暫的，傷口會好，不爭取，機會就溜走了，這種後悔是一輩子的。與其留下遺憾，還不如藉著一股衝勁一直往前拚一次。

閱讀

朱儆

童年是一個純真無憂無慮令人懷念的日子。還記得，小時候常常看故事書，內容只有幾行字，但卻編織了我們很多的幻想空間，每天都在看故事書，沉浸在自己的世界裡，想像著自己若是公主該有多好，有很多很多的漂亮衣服可以穿，有很多玩具可以玩，能騎馬，擁有自己的城堡，豐富的花園景觀。兒時真的有很多想像，閱讀陪伴我們一生，是個不能缺少的事。

閱讀是一件美好的事，讀一本書可能要花很多時間，但只要有心，讀什麼書都值得花上時間。閱讀可以改變一個人對事物的看法，有些書可以激勵人心，有些書能增加知識與樂趣，很容易沉浸在一本書裡，不管讀什麼書都不浪費，只要閱讀任何書籍都是好事。

我曾經讀過一本很厚重的書，一般人看了會想睡覺，但我堅持一定要看完，所以埋頭苦讀，那本書讓我印象深刻，無法自拔，花了我很多的時間，能夠看完那本書我覺得非常開心，那本書給我的感覺很神祕，不把它讀完會無法睡覺，我就認真讀了四天，讀完的那一刻感覺非常的有成就感，那四天真的很漫長，我很喜歡看這種小說，具有神祕感、懸疑、還有驚悚，後面是溫馨的結局……等的書籍都讓我覺得相當有趣。

希望大家能夠多多閱讀，閱讀是非常棒的一件事，也希望大家能夠找到適合自己的書籍，放假時看看書籍，舒舒服服地享受，放鬆地在自己的閱讀世界吧！

閱讀時光

吳宗璇

不知從何時起，每天閱讀小說已經變成我的生活習慣了，只要一天不看書，心情就會悶悶不樂，連晴天看起來都會像雨天，看到精采的好書，傾盆大雨也可以像碧海藍天般給我快樂。

誰說沒時間閱讀？生活中到處是讀書的時間，下課、回家寫完作業的時間、看電視廣告的時間、睡前……等都可以利用，為什麼會沒時間？我連上廁所的時間都不放過呢！

閱讀一本書，只看一遍是絕對不夠的，第一遍是了解劇情，讓腦袋可以幻想出情境，第二遍是明白作者想要表現什麼、有什麼精彩的段落值得深思、還有哪些是以前沒看過的詞句、或者有什麼第一遍看不懂的地方，再仔細體會、細細品味，這樣才可以完整地看完一本書。

要是把書做比喻，我會把它比喻成大海，一打開書，遼闊的視野無盡的豁然出現在眼前，使我無法自拔地、貪婪地閱讀它，瞬間時光跳躍，我彷彿跳入另外一個世界，或者是回到古代，還是飛至未來，都深深吸引著我翻開那一頁頁的文字。可惜的是，每當我看到最精采的部分時，總是有人叫我不要再看了。例如媽媽總是在此時說：「別看了！幫我去買個醬油，你再不起來走走，眼睛都要瞎了！」我當然只好快點把事情辦完，才可以早點看書，但是心中就會想：「為什麼要在這麼重要的時刻叫我？不知道主角到底會不會死？」情緒就一直保持在緊張的氣氛裡，期待地幻想著會有甚麼轉折，要是幻想的不一樣，心裡就會小小地失望一下。

閱讀教會我很多事情，可以是故事、常識、知識，每次和同學聊天時，總是可以扯一些故事給他們聽，在家裡照顧妹妹時，可以拿神話故事去哄她；所有知識都很實用，可以無止境的發揮、運用，把學到的修辭拿去寫小說是最好不過的，因為每個故事都是動人的，用適當的修辭去描述它，就會更完美。

我喜歡遨遊在文字的世界，傾聽書中人物的感慨，這麼美好的事，為何不去做呢？

讓我們一起去閱讀吧！

閱讀帶我認識另一個世界

林長宏

閱讀的確給了我很大的影響。我從小就愛看書，不管是故事書還是小說、漫畫，我都可以看得很開心，也因此讓我認識了另外一個世界，那個世界我們稱之為「二次元」，因為閱讀而認識了二次元這個世界，也讓我得到了許多實用的技能，使我能在二次元生活。

一開始，是從一本DRAGON BALL的漫畫開始，進入了二次元的世界，漸漸地，我接觸到了更多眾所皆知的作品，像是ONE PIECE、NARUTO、HUNTER X HUNTER、遊戲王……等，因此踏入了電玩的世界，另外也結交了許多對二次元有興趣的朋友，他們把我帶進了輕小說的區塊，也使閱讀這件事回到了「書本」上面。輕小說層面也有許多不錯的作品，像是台灣的「沉月之鑰」，以及日本的「約會大作戰」。也有許多漫畫、輕小說、甚至是遊戲的熱門作品會「動畫化」，這又讓我深深地感受到閱讀不一定是看書，有很多閱讀行為不是在書本上。

閱讀也給了我很多實用的技能，像是剪輯影片、製圖、尋找音訊。我和二次元的同伴們準備之後要創辦工作室呢！還學到了流利的語言能力，使我的吐槽功力大增。想得到這些能力最快的方法就是「閱讀」。這些能力都很有用（至少對我來說），我現在還在用我的能力傳教（拉人進入二次元），二次元一切都是美好的，我想把這一切分享給大家，其中，進入二次元（其實還有另一個名字叫「二維空間」）的方法之一，也是最重要的方法，就是「閱讀」。

閱讀帶我認識了二次元，給了我許多技能，使我得到了許多伙伴，我深深地感受到了閱讀的好處，並且認為「閱讀」絕不只局限在書本上，這是我的親身經歷。

閱讀這件事

蕭佩茹

我不喜歡讀書，但是我必須讀書，當讀書變成必須時，就失去了感覺，這種東西很抽象，簡單來說就是，我不愛讀書而讀書也不愛我，我們倆變成兩條平行線，沒有交點，久而久之也就失去了對彼此的感覺。然而我卻不排斥閱讀，對我來說這兩者差別於義務及非義務，讀書是我現在必須做的，而閱讀是我自願做的。

在假日時我經常一個人到圖書館，館內，周遭的人們人手一書，靜靜的，悠閒的，沒有人催促，在舒服的光線及周圍的氣氛陪伴下，花一下午的時間，不急不徐地讀完一本書，多奢侈的享受。我曾經想著要把圖書館的書都讀一遍，但那只限於想，或許是因為我很沒耐心吧，我知道自己很沒耐心，但當我找到一本我感興趣的書我就能花好長一段時間消化它，這樣的一本書能讓我耐著性子，也算是修身養性吧！

一本書的誕生，背後可能藏著很多的祕密，當讀完一本書時，就像體驗一遍人生，書上的字句在眼前一一浮現，跟著它，有時鼻酸感傷，有時豁然大笑，有時不捨流淚，有時不服握拳，又有時驚喜尖叫，一切的一切都是因為正在閱讀的這本書，用心去感受，享受著閱讀的當下，迫不及待地想知道結局，卻又不想就這麼結束，意猶未盡的細細尋味，彷彿一切真的屬於自己。

因為喜歡閱讀課外書，也使我寫作的能力突飛猛進，還有周末時報紙的副刊都會有一篇一篇的文章，剛開始接觸是因為媽媽的半逼迫下開始的，起初很不願意接觸，但漸漸地變成我會主動去買報紙，只為了閱讀副刊的文章，副刊上的文章雖然篇幅不長，但總能發人省思，也給人一種舒服的感覺。我也曾經投稿到某報社，但還是揮棒落空，但卻也讓我明白，那不是隨隨便便都能上報的，以及自己能力的不足，所以我開始閱讀，充實自己，相信總有一天我的文章能出現在副刊上，為了那天的到來我會努力地去做。

所以說，閱讀這件事啊，是種付諸行動就能得到收穫、做了就能改變自己的事。有句話說：「不做不會怎樣，做了很不一樣。」我想這就是在說閱讀這件事吧！

閱讀對我的影響

邱品慈

從幼稚園到國小三年級，閱讀就是我的噩夢，要我拿書出來看，我往往找一大堆藉口來搪塞媽媽，直到五年級的某一天，出現了改變的契機。那就是學校每年都會送學生一大堆書的日子——兒童節。

當時我拿到了一本書，書名是《我是大明星》，主角想成為明星的想法剛好跟當時的我不謀而合，引起了我的興趣，這是我第一次自願拿起書來看。看著看著，不自覺就停不下來了，書中不僅有好多的字我都沒見過，甚至還有參雜英文，我開始覺得，閱讀原來可以讓自己學到那麼多的知識，漸漸地喜歡上了閱讀，每看一本書，所學到的詞彙和知識也越來越多了。

以前讀課本時總是因為認識的字太少而慢吞吞的，自從開始閱讀後，課本上看得懂的字變多了，念起來自然得心應手，心裡有股說不出的成就感，寫文章也不像以往那麼的困難。真的非常的神奇呢！這是閱讀對我的第一個影響。

之後我也迷上了一套書——《魔法公主》，故事內容生動，人物情感也刻畫得栩栩如生，特別是書中使用的是第一人稱視角，讓人彷彿身歷其境，因為要用自己的錢來購買，自然養成了節儉和記帳的習慣，這是閱讀對我的第二個影響。

而第三個，也是影響最大的一點，就是我的個性啦！書讀久了，整個個性竟然大轉變，從超級好動的野小孩，轉變成愛好讀書的文靜書生，可以習慣坐在書桌前讀書，成績大幅提升了不少，前三名對我來說也沒有想像中的困難了，上台領獎狀也可說是家常便飯，是一件很棒的事！

俗話說；「開卷有益」，這句話果真沒錯，看個書就給我的人生帶來三個如此大的影響，連我也沒料想到。閱讀真的很神奇，總會帶給自己意想不到的結果。我在此給各位一個建議，如果你跟以前的我一樣，認為閱讀是一件無聊透頂的事，那你就錯了！請你試著拿起一本會讓你感興趣的書來看，就算只有短短幾分鐘，包準你會愛上它。

5月徵文主題
母親節

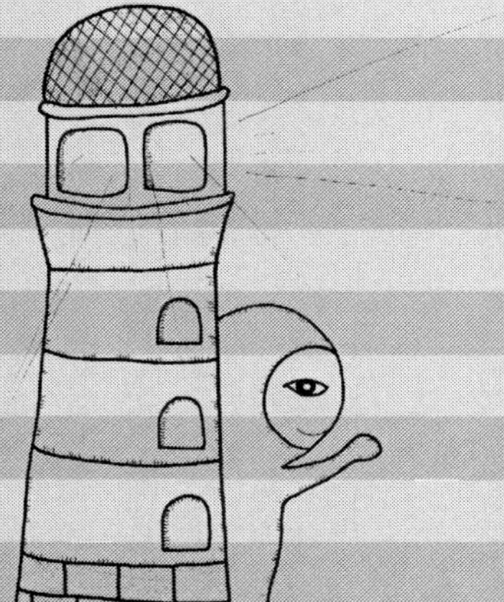

母親的心，心中的愛

覃厚銘

無庸置疑，母親是世界上最偉大的人。母親的偉大，遠超過每位諾貝爾獎得主、在論壇上為民眾發聲的立委，甚至是救助各種傷患的醫療人員。母親的偉大，是無人能比的。

母親，有著一顆無私奉獻的心。無論是我們孤單寂寞時、欣喜若狂時、怒氣沖沖時、需要幫助時，或是徬徨無助時，一定會放下手邊的工作，給我們最大的勇氣、最溫暖的安慰、最多的支助，毫無顧忌的將自己的心力全部奉獻給我們，就如同「慈母手中線，遊子身上衣」一般。母親，就像是一張無時無刻陪伴在身邊的地圖，當我們不知道該怎麼走下去的時候，會指引我們道路、幫我們找尋解決的辦法、提供意見、放手一搏，就是為了讓我們能夠成功。

母親，有著一顆剛柔並濟的心。當我們做錯事的時候，給予我們適度的懲罰，警惕我們，並且引導我們更適當的管道；當我們做對事情的時候，便會給予我們獎勵，鼓勵我們，讓我們能夠更上一層樓。即使我們不在母親身邊時，母親的愛，也總是圍繞在我們身旁。惦記著孩子的安危，祈禱孩子不要受委屈，希望能用自己的愛，保護深深所愛、最重要的人。就如同「臨行密密縫，意恐遲遲歸」一樣，為了孩子而緊張、為了孩子所感動，總是這樣悲喜交加、百感交集。

母親，用那無私奉獻、剛柔並濟的心，深深的愛著我們。身為孩子，也不要辜負母親的心意，將所有事情做好，不讓母親擔心，用這種看似微小但卻有莫大安慰的方式，來回報母親滿滿溢出的愛。「誰言寸草心，報得三春暉」，母親，用自己的方式來愛我們，如此的用心，如此的溫暖，如此的偉大。這樣的母親，又怎麼能讓她傷心難過呢？

我眼裡的超人媽媽

羅以軒

每個家庭的媽媽，生活和職業都不盡相同。有的是全職媽媽，專心照顧家人，有的是職業婦女，有的甚至什麼都不管，採取的是自由自在的生活方式。媽媽們都隨著環境、生活而調整自己，自然而然心情與態度也跟著改變，而我眼裡的媽媽是如何呢？讓我娓娓道來……

我的媽媽之前是位全職媽媽，全心全意地照顧我們，每天為了我們的生活就像是陀螺般轉呀轉。現在我們長大了，顧及到家裡的經濟來源，媽媽決定做半日職的工作。雖然能賺的錢不多，但對於我們的生活不無小補。實際上我很少過問媽媽的工作與關心她的心情如何？我只是把我自己能做的事做好來，不讓媽媽為我擔心。媽媽總是自己承受工作的壓力、默默的把家務事完成，一直以來都是無怨無悔。身邊各種雜事縈繞，他彷彿有著三頭六臂，有條不紊的面對處理著。縱然有的時候她會唸唸有詞叨念著我們，卻也一邊完成家中大大小小的瑣事！除非她累了、病了或忙於其他事，才會請我們去幫忙。

為了減輕媽媽的重擔，我主動做家務事，希望媽媽能因此得到充分的休息。只是，我常常毅力不足，往往到了後面就會因為很累又很懶而把家事做到一半而已，所以媽媽都會因我們不是很在乎她的身體狀況而感到難過。

其實媽媽一下班就要煮飯、做家事，真的十分辛苦。我每次都只在媽媽的背後看著她在為我們做的每一件事，忘了體諒她是否累了。直到媽媽受傷了，我們才懂媽媽平常的忙累，更懂得珍惜我的超人媽媽。

我的超人媽媽每一天都是為了她心愛的家庭，就算她再累再辛苦或者受傷了，她都放在心裡不說。讓我著實心疼。所以我很愛我的媽媽，不管她多累，她第一個想到的都是我們家人。每一個媽媽的生活都是為了家庭，不管再累，還是為了自己小孩家人辛苦奔忙著，所以，天下的媽媽都是可敬佩的。而我，最愛的是我的媽媽，那個任勞任怨，無怨無悔的媽媽……

媽媽，我不能沒有您

彭可妘

從小到大，我的生活幾乎都是媽媽獨自打點的。爸爸是位職業軍人，一週回來一次，有時甚至更久。我一路的成長、小叛逆、開心難過，總是媽媽一直陪在我身旁，伸手替我擦淚、替我鼓掌，雖然不免有些抱怨——好累啊！但她卻還是會把家照顧得井然有序。

在我還很小的時候，媽媽為了照顧我和弟弟，把工作辭了。他就像位身兼多職的家庭主婦。我功課不會，他便當起了老師；我肚子餓，他變成了大廚；甚至我心情不好，他都會聽我訴苦。記得有一次，她煮飯燙傷了手，我看著她獨自擦著藥，眼神裡流露著疲倦。我能清楚地看到他那纖細蒼白的手指上，每一個關節，還有些細微的皺紋。也許她不曾說出自己內心最深處的、那不為人知的辛苦，但，總會形於神色，而我看在眼裡，也覺得好心疼，我只能對她說「媽！下次小心點！」然後，就這樣，真的好想為她分擔。

再親的親人，總都會有不合的時候。我們總是可以東挑一個、西撿一個缺點，組成「因為這個問題太誇張了，所以我沒有理由不討厭他吧！」的爛理由，去嫌棄、厭惡自己的親人，甚至覺得沒有親人也沒關係吧！我自己一個也可以很好。但是有一次，發生了一件事，讓我澈底變成熟了。那次，媽媽出門去接弟弟，去了很久，後來阿姨就來跟我說媽媽出了車禍，在醫院。當下我愣住了，腦袋一片空白，只能勉強穩住情緒，用帶有微微顫抖的聲音問阿姨媽媽還好嗎？阿姨溫柔的說沒事沒事，別擔心！後來媽媽不能走路，復健了好一段時間，那是多麼地煎熬，也熬著我內心的不捨。我忽然明白了，無論我們長多大、多懂事，或是被她修理了多少次，我終究是愛她的。這可能是動物的本性，對母親的愛，一輩子無法割捨。

從小到大，媽媽總是用她那雙厚實、溫暖的手，默默地牽著我走過一路上的坎坷。我唯一能給予她的，就是我滿滿的愛跟懂事的行為。無論之前有多少的爭吵、多少的不愉快，我都只想說：「媽！辛苦了！愛您！」

媽媽的那雙手

蕭佩茹

現代的孩子大多不會主動表達自己的情感，也不懂怎麼去說，而父母也不屬於主動的，但我生長的家庭是那種父母不屬於主動，但小孩卻超主動的那種，算是基因突變吧！不過想想我也有很長一段時間沒好好看看媽媽，很久沒握著她的手了。

親戚誇獎我的手指修長，說我的手很漂亮，但有天我發現媽媽的手更是美麗，皮膚不是白雪公主那般雪白，是種介於黃與白的那種舒服色調；指甲沒有像貴婦或時下年輕小姐那樣，有著水晶指甲、五彩繽紛、各種圖案等等，但就像擦著透明色彩的指甲油般，感覺濕潤，有光澤，手掌不算大，卻比我大，握著時能感覺得到一股暖流，很安心的感覺，那雙手掌長著繭，那是因為媽媽總是不辭辛勞的，心甘情願的，為我們做牛做馬，那雙手也曾是雙纖纖玉手，使人痴迷的手，如今歲月不饒人，現在握著多了點粗糙、多了點厚實感，但始終不變的是那份安全感和溫暖。

媽媽的指甲總是喜歡留長，不是懶於修剪，她說是因為覺得留長比較好看，她喜歡這樣，但沒過幾天卻還是剪短指甲，我不解，她卻理所當然的說因為要做家事，會不方便，所以剪短了，「因為要做家事，所以剪短了。」就像這樣，因為孩子，媽媽總是願意不顧一切，放棄一些喜歡做的事，我的媽媽也是一樣，她放棄了她留指甲的喜好，成就了我們舒適的生活環境，她因為有了我們開始不怎麼打扮，因為照顧我們也沒心思照顧自己，就算生病了也還是撐著身子做著家事，我對於母親所做的一切感到佩服不已。我想世上所有的母親都是一樣的，那樣的偉大不是三言兩語或是幾句話能表現的。如果我將來也成為一位母親，我想我能為孩子做的就算再多也遠遠不及我的母親，因為在我心中，媽媽的地位是無可取代的。

在每個母親節，都希望能為媽媽做些什麼，但其實媽媽要得不多，每年的願望都是一樣的，希望孩子一切平安，但對於自己卻沒有一點奢望，就像媽媽的那雙手，不求回報，許多美好的故事都由那雙媽媽的手訴說著。

媽媽的偉大

邱品慈

每逢五月就有的好事，當然就是吃大餐，啊！不是，是慶祝母親節，母親節啦！差點把重點擺錯地方了。說到媽媽，這可是比總統還偉大的身分呢！

媽媽非常偉大。第一、讓我們可以誕生在這個世界上，有時候還可能會面臨到難產，所以說，這可是攸關性命安全的大任務。第二、要養育我們這群小屁孩長大成人，在這種物價高漲，經濟又不景氣的社會，多一個人就是多一個負擔，儘管如此，母親從來沒有厭惡過我們，她為了讓我們健康平安的長大，花費了許多時間和精力，金錢的部分自然不在話下。食衣住行娛樂，又甚至是醫藥費，累積下來可是一筆很可觀的數目，這些錢是她犧牲自己玩樂的機會得來的，但她卻不曾要求任何回報，這種無私的奉獻，是母親最偉大地方。第三、要控管好我們的人格和習慣，小孩的脾氣可不是好惹的，你叫她往東，她偏要往西，常常搞得大人很頭大。媽媽常常要和我們對峙，直到我們聽話為止，白頭髮都不知道長了多少根，我們小孩還真是促進高齡化的元兇啊！第四、要捨命保護我們的安全，這個年紀的小孩最喜歡橫衝直撞了，三不五時會惹出一堆危險，媽媽就必須捨命保護我們，小孩子都認為：「為什麼大人會傻到為自己的小孩付出性命？」這也是很正常的，我們每個人都是媽媽辛辛苦苦才得到的寶貝，說什麼也不願意讓孩子受到任何傷害，就跟卡通裡面的超人一樣，說不定媽媽都是超人轉世的呢！最後一點，相信當過小孩的人都非常清楚是什麼吧！噹噹噹，那就是收拾善後，我們惹出的麻煩，大部分都是媽媽在幫我們擦屁股，有時候除了道歉以外，還要賠錢，說有多辛酸就有多辛酸，但她還是願意去做，超偉大！

既然媽媽這麼辛苦，各位是不是該趁母親節這個日子，好好犒賞一下自己最親愛的媽媽呢？又或者是給媽媽一個充滿愛的深情擁抱！

媽媽的愛

吳宗璇

夜裡，起風了。

媽媽躡手躡腳的走過來，為了不讓我和妹妹著涼，也避免吵醒我們。您是這麼的小心翼翼地把被子蓋到我們身上來，您的心意我如何不知，但您為何要犧牲您的睡眠時間？

分分秒秒、時時刻刻、日日夜夜、月月年年，您的心思總是像蜘蛛網般細密，無時無刻把家庭照顧得無微不至，這是要付出多少的心血，才能讓家成為一個完美的避風港？

每年您的生日、母親節，您都說：「只要有你們，我就很滿足了，不用幫我買禮物啦！」我知道您想要省一點，不想花那筆錢，但是任何人都該有一天，讓自己稍微享受一下，這麼多年來，我卻連您的小願望都不知道，這樣對您也太不公平了！今年的母親節就不能為您做些什麼嗎？

最近我總是晚睡，「愛之深、責之切」，您便擔心我睡眠不足而叫我快去睡，我卻聽煩了，順口頂了回去，您累我也累，各自的火氣衝上心頭，因此幾乎天天上演「母女對吼」的情形，其實每次吵完，我都感到很難過，我真的不希望您為我傷了身體，媽媽，妳辛苦了！我一定會盡量早點睡，請您不要再為我操心了。

媽媽的愛是無所不在的，雖然有時微小到看不到或是習慣了而不在意，但它確實存在。就像哈利波特中，即使他的媽媽死了，愛卻深深地保留在哈利波特身上，保護他不受佛地魔的威脅，可見得母親的愛是強大的，即使物換星移，只要被深深的愛過，愛的記號會一直陪伴在身旁。

媽媽，謝謝妳！總是一心一意的照顧我，也一直支持我的決定，給我很大的自由，不管未來會是如何，會永遠愛您的！

蠟燭，燈塔，我的母親

陳祿紅

世界上有一種工作，必須三百六十五天全年無休，二十四小時隨時待命，還要懂一點醫療、金融、家政，具備人際交往技巧，需要付出的勞力是一般人所承受不了的，更重要的是這份工作的報酬是「零」，那麼，你接受這份工作嗎？而這份工作的職稱就叫做「母親」。

母親就像黑暗中的那座燈塔，總能幫助孩子在問題中找到答案，總能讓孩子在黑暗中找到迷失的方向。記得小時候，我曾對媽媽這麼說過：「為什麼衣服會一直變小？」對於我的問題，媽媽是好氣又好笑，不過她依舊蹲下來，耐心地跟我解釋。面對我一個又一個，如雨後春筍般的問題，她非但沒有顯現出不耐煩的樣子，還一一的跟我解釋說明。對於媽媽的耐心，我一直深感佩服，也期許自己未來可以像她一樣，做個有修養的人。

母親有如蠟燭，總是默默地燃燒自己以照亮他人，即使身體已不堪負荷，總是在背後默默的付出，不讓孩子知道自己的辛勞。表面上輕鬆自在，背地裡的辛苦卻不是旁人所能知曉的。每當我想到衣服還沒收拾，回頭一看，赫然發現衣服早就摺好放在床上了；想起碗還沒洗時，流理台早就已經清潔溜溜了；忘記買早餐，卻看到餐袋裡早就準備好的三明治……平常我總是嫌媽媽太嘮叨，可是假如沒有了媽媽的嘮叨，我還會是現在的我嗎？對於媽媽的體貼以及付出，我有太多太多要感謝的，也有太多太多要道歉的，言語早已不足以表達我的感受。

母親，不一定是最了解你的人，但，她一定是最愛你的那個人。人們總是容易忽略自己身邊最親近的人，想一想，我們有多久沒有對最愛你的那個人好好地說一句：「謝謝您，我愛您！」

6月徵文主題
發現校園

我的校園生活

王子千

在導護志工的嗶嗶聲和學生向師長問好的聲音下，我一天的校園生活就此展開。

一走進教室，就會看到班上的同學，有的是在準備著當天的考試，有的是在分享著前一天玩遊戲的心得，有的則是相約一起去買早餐……等。而我呢？當然是和朋友一起準備考試囉！之後在同學的吵鬧中，時間滴答滴答地過去了，到了振筆疾書的考試時間——早自修，教室頓時鴉雀無聲，只有大家忙著作答的沙沙聲。

俗話說：「一日之計在於晨。」每天早晨是重要的學習時間，有讓我們了解文學之美的國文課；有讓我們培養外語能力的英文課；有讓我們訓練邏輯思考的數學課；有讓我們通曉古今變遷的歷史課；有讓我們認識位置環境的地理科，以及各種藝能科目使我們的學習更多元。這些課程輪流交替著，為我們打下扎實的基礎。

經過了一個早上的奮戰，大家的肚子早已飢腸轆轆。值日生抬著餐桶回來，男生們一擁而上，想知道今天的菜色是什麼，之後大家拿著餐盒盛飯，大家一邊聊天，一邊享用著午餐，放鬆一下緊繃的心情。午餐過後，大家小睡片刻，養精蓄銳一番，迎接下午的挑戰。

下午的第一節課最難熬，不管如何地專心聽講，總是有些昏昏欲睡，這時如果剛好有體育課，可以到操場去活動活動，是最好不過了。大家在操場上跑跑步、打打球，舒展一下筋骨。

緊鑼密鼓的課程在放學鐘敲響的那一剎那，告一段落，結束了一天的生活，大家歸心似箭，迅速的收好書包，三五成群的走向校門。熱鬧的校園在學生陸續回家後，也安靜了下來。明天會有怎樣的新鮮事？我在心中期待著。

看似平凡的八年二十一班

張紓菱

八年二十一班，是最活潑、最可愛的一班。每個人都是不可或缺的一員，我們就像是一片片的拼圖，唯有牽起彼此的手，才能完成這幅美麗的畫。

偶爾，我們也會因為雞毛蒜皮的小事而鬥嘴。導師說：「只要別人讓你不舒服，你就可以記他『星星』，他將會受到老師恐怖的罰寫。」黑板上總是可以看到幾個常見的座號，我覺得很奇妙的是，導師有一本筆記簿，上面寫滿了某某座號需要罰寫幾遍，所以我們都稱它為「死亡筆記簿」。

噹噹噹……下課啦！看到有個奇怪的人，玩到最後居然去找窗戶壁咚，還露出怪怪的微笑。因為這樣，他最怕的一句話就是：「記你星星喔！」然後他就會開始像孩子一樣鬧著你求饒。人家說：「越吵，感情越好。」這句話最適用在我們班。

也有人每天當生教的小跟班，而且還是專業級的喔！因為生教似乎被稱「全校最帥，最陽光的酒窩老師」，那小跟班還被班導罵得狗血淋頭，但她還是不放棄，繼續追著生教跑，有一天她突然被記在黑板上，寫著「犯花癡」。

其實，看似平凡的每一天，都蘊藏著不平凡的驚喜，好好品嘗每日瑣事，從小事就可以發現生龍活虎的八年二十一班。因為我們在一起，才能創造這麼多美麗的色彩，這一幅拼圖，因821的每一個人而完整。

校園生活

鍾昀安

又是個新的學期。

今天的太陽高掛於湛藍的天空，閃著耀眼的光芒，看著稚氣未脫的新生，才發覺自已成長了不少，他們眼中對我有著崇拜與尊敬。

開學第一天，在操場升旗，頂著豔陽，汗如雨下，聽著主任們的訓話，不停重複著。之後，一如往常地上著課，但大家還沉浸在假期的懷抱中，教室外艷陽高照，樹上的蟬高唱著歌，教室內老師講解、台下同學發呆，而我看似認真，但心想著福利社的餅乾、飲料，還有圖書館的小說、漫畫。下課聊著哪個老師要生小孩了、哪個同學髮型奇異，這些微不足道的小事，就可以聊一整天。

當然，探索校園有哪些好玩的也很重要，像是：第幾節福利社推出限量的餅乾、飲料、哪台飲水機有冰水、哪班有帥哥、美女……等，都是我們小小的樂趣，即使課業壓力大得喘不過氣、分數爛到不行、老師的口水直往臉上噴，但，這些事都能使我們再次振作。

每天都做一樣的事，一定非常無聊，所以學校會定期舉辦一些活動，例如：運動會、園遊會、春慢、羽球賽……等有趣的活動，讓大家不只是一味的讀書，偶爾放下書本，伸展一下筋骨，與別班同學競爭一下，爭取班上的榮譽，不然榮譽榜都長蜘蛛網了。

啊！啊！還有學校的校狗——小黑，每天都可以在北門見到牠，有時候，上課中偶爾可以看到牠和一位阿姨悠閒地漫步在校園中，看到這一幕，心情就輕飄飄的，有繼續上課的動力。

老舊的校舍、漏水的活動中心，永遠吹不涼的電扇，這些都是校園中不可或缺的風景。

其實在校園中，只要我們用心去看，很多事都隱藏著有趣的成分，即使是嚴格的班導、長相不友善的同學都有著有趣的一面，我們會為了一點小事爭吵、為一點小事開心、為一點小事難過，為這校園增添更多色彩。

在這校園中有我們的歡笑與淚水，這就是我的校園生活。

當我們同在一起

吳宗璇

故事都是這樣開始的。

我進入一個「天真」、「無邪」的班級，但是我的班級故事剛好相反，完全是「神經有問題」、「汙染很嚴重」的班級，吵得就像是教室型的菜市場。

剛開始可能大家都不熟，只有三、四人上課時放炮、搞笑，沒想到一熱絡起來後，想平靜地上課也難。班導說：「電算機。」卻引發同學的取笑：「什麼是電算機？不是計算機嗎？」「是計算機！」「好好好！計算機，計算機，這樣可以嗎？」班導只好無奈的順著我們的意，同學又七嘴八舌的回答：「很LKK耶！只有十幾年前的人，才會說『電算機』。」這句話可能刺激到老師，因為中午吃飯時，班導興沖沖地跑來跟大家說：「計算機的原名叫『電子計算機』，所以也可以說『電算機』。」於是大家在歡笑中認可了這種說法。

食物——是班上最為之瘋狂的東西，每節下課幾乎都有人去福利社報到，簡直就是福利社的忠實顧客，福利社該頒給我們一個「瘋狂粉絲獎」，我們甚至把整箱搬回到班上分。每當零食包打開時，「唰——」的一聲，大家的頭都會不約而同的抬起，往開零食的方向望去，身體也開始往食物的方向移動。而開零食的同學下場通常是——自己只吃到一點，其他都被同學搶光了。說到食物，還要說說我們的午餐時間，如果沒看過難民的，請到咱們班看看難民的搶食方式，女同學都抱怨著，不早點搶，午餐的主食都沒了！

「好球！」一顆完美的三分球，穩穩地落進籃框中。除了福利社，我們班男生最喜歡到球場上打球，雖然我是整個隊中唯一的女生，也是裡面最矮的，但在打球時，我也會偶然地投進幾球。我很享受跟同學一起在球場上的感覺，更喜歡自己投進球的手感，還有攔截敵隊傳球時的快感。最好笑的是，我平常都是被別人蓋火鍋，但我第一次蓋的火鍋，卻是蓋到自己隊的，真是蠢到不行，我恨不得馬上找個洞把自己埋起來。

當我們同在一起時，總是很愉快、很瘋狂、很蠢、很搞笑，但不要忘記默默付出的老師，在此感謝所有教導過我們班的老師，也許你們並不喜歡我們班，但還是努力教導我們這個腦海中只有吃和玩的班級，特別感謝班導的用心良苦，有老師、有學生，才是完整的八年一班。

八一五廁所

任光頫

每天都會來到的校園，對於其中的一切早已司空見慣。但只要用心觀察，不難發現其中吸引人的地方：南大門前圓環生機盎然的花草樹木，或是經常遨遊於八年級學區前草皮的夜鷺，還有操場上揮灑汗珠，享受運動樂趣的同學們等。無論是單純的美景，有趣的生態或是令人刻骨銘心的回憶，都是校園中的美。在內中，最吸引你、最值得你回憶的地方是哪裡呢？

對我而言，內中最美、最值得留念的地方是自己班上掃的廁所。我想你一定十分訝異，又髒、又臭、又充滿排泄物及各種垃圾的地方，怎麼能稱得上是值得留念的地方？因為，經過我們班用心地清理，一切都變得不一樣：原先惡臭無比的屎尿味會消失殆盡，取而代之的是清新舒爽的氣味；原先殘留在馬桶邊緣的頑垢會一去不返，取而代之的是白到發亮的邊緣；原先停留在地板的髒汙會立刻投降，取而代之的是光亮如新的地板，讓人不再排斥。

再乾淨的地方，它依然還是廁所，你大概是這麼想的吧？這我也無法否認。不過，讓人刻骨銘心的往往不是外在，而是其所帶來的意義，對吧？雖然只有一年，但創造出的回憶卻是無法數計與取代的。掃廁所往往會遇到許多困難：像是滿地的黃金，每逢大雨淹水的工具間，甚至還有撒了整間的嘔吐物。解決過程中，雖然少不了對製造者的抱怨，但大家依然會互相討論解決辦法，一起同心協力、分工合作去處理，過程雖然煎熬，但只要大家一起做，這也是校園生活中的美好印記之一。

除此之外，我和掃廁所的同學們也常常邊打掃邊聊天：從海洋聊到陸地，從陸地聊到天空，偶爾互相損彼此，偶爾互相支持與鼓勵，有心事就一起講，要抱怨就一起聽，每天持續著這樣平凡的日常，倒也是一種幸福，以後想到了，還是會會心一笑吧！

我發現，未必要千里迢迢去找尋，美好的景物其實就在我們身邊。

我發現，未必是什麼熱門景點、名勝古蹟才是美好的景物，只要用心觀察、用心體會，美好其實就在我們身邊。

我發現，最珍貴的未必是最美好的景物，而是其中所包含的回憶。

那麼，在內中，最吸引你、最值得回憶的地方又是哪裡呢？

我在學校裡的閱讀世界——圖書館

邱品慈

記得第一天到內壢國中上課，班上同學幾乎都是陌生的，沒有人能陪我聊天，正當憂愁之際，突然靈光乍現，想到學校有一個可以打發無聊時間的好地方，那就是集結各式各樣藏書的圖書館。

圖書館的門一直是打開的，除非夏天天氣太熱，才會關起門來開冷氣。當我一步入圖書館就大吃一驚，因為圖書館的規模比國小時的圖書館大上許多，延伸至最後方的大型書櫃上，擺滿了各式各樣的書，有漫畫、小說、三國誌……等，種類多到數不清。我拿起一本書，才剛翻開來看，就跌入那奇幻又誘人的書香世界，我一下張開翅膀，翱翔在不同的故事裡，一下又坐在小船上，在知識的大海裡前進，種種的一切讓我毫無感覺時間的流逝，直到那如同大鐘般響亮的預備鐘聲響起，才把我從書的世界拉回現實，從那一天開始，圖書館就成為我打發時間的好去處。

除了有打發時間的好處外，圖書館也是我沉澱心靈的地方，每當我和朋友吵架，又或者是被班上的壞同學欺負，感覺很想哭時，就會偷偷跑到圖書館裡，拿起最愛的漫畫來看，真的很神奇，只要一開始看書，心情就莫名其妙的冷靜下來，偶爾看到好笑的情節也會一掃陰霾，開心地笑了出來，我自己也不知道為什麼，大概是因為在看書的時候，可以躲進書中的奇幻世界，而不受外界的種種惡毒言語干擾，所以才會如此開心吧！除此之外，我覺得圖書館的冷氣也是原因之一，當我處於情緒焦躁的狀態時，身體就會莫名的變熱，搞得我更煩，而當冷氣清涼又柔和的風輕輕吹在身上的時候，身上的熱氣及焦躁的情緒也一併被這陣風吹走，取而代之的是愉快的心情和涼爽的感覺，讓人非常享受，捨不得離開這神奇的空間。

我曾經想過，如果沒有圖書館，我絕對撐不過來，縱使現在有人能一起聊天，我還是時常跑到圖書館享受書帶給我的驚奇與快樂，而圖書館也成為我在學校裡，唯一不受外界干擾的小小世界。

南大門之約

趙月華

南大門，是內壢國中的門戶之二，相較於北側門的車水馬龍，這裡較顯得幽靜一些。站在門口，便可看到旁邊一叢叢的美麗花木，遠遠的向裡望去，還可看到左方有兩隻可愛的山羊雕飾，十分地吸引人！還不光如此，走進去一探，會發現這裡還存在著一些無形的美，一陣一陣的鳥聲接連響起，組織成一曲曲美妙的交響樂，再一次！我們又感受到了南大門的魅力。

還記得，七年級時我們班很有幸的可以服務這美麗的校門口，也因此開啟我們與南大門之間的牽絆，而身負重任的我們各個全副武裝，不管是烈日還是寒冬，我們仍盡心盡力不辭辛勞的打掃，只為還給我們的校園一個舒適的空間。想起當初，得知打掃要走這麼遠時，還必須每天冒著烈陽大雨，全班不約而同地發出一聲哀怨，不知道原因的可能還會認為是誰在虐待我們吧！但實際領會每次的打掃後，雖然身上還是不免披著刻苦後的汗水，但靜靜看著越發美麗的校門，我們總是會很驕傲地抬起頭，一副要號召全世界「這地盤是我們的」。不光如此，在離開前我們也不忘記再次來個全面掃描，深怕有哪一個小角落被忽略。直到鐘聲響起後，大家才依依不捨的放心回班。

現在，雖然沒有機會再服務校門口，但每一次路過，總是不免多停留一步，望一望這個我們曾經揮灑青春汗水的一隅，而我們臉上的微笑又不自覺地展露了出來。我想未來的某一天，我還是會記得這個屬於我們的南大門之約吧！

9月徵文主題
心中的小太陽

一加一大於二

林廷祐

自古至今，弱者能夠推翻強者，建立自己的朝代，使得人類的文明能夠如此強盛，科技能夠日新月異的進步，而資訊和知識能夠川流不息的增加，一切都跟「合作」息息相關。

俗語說：「三個臭皮匠，勝過一個諸葛亮」，團隊合作往往會勝過一個人的力量，大自然早有先例。水牛在遷徙時會成群結隊，因為會遭到獅子的攻擊，但獅子只有一張嘴，短時間內沒辦法捕捉太多的獵物，藉此達到減少被攻擊的數目；當洪水來時，螞蟻可以聯合起來用身體搭出一艘船，讓蟻群得以生存。我們人類能夠分別把筷子折斷，但卻沒能折斷一束筷子。人類靠著合作完成許多不可能的事，如：蓋出金字塔，建造火箭，合作帶領著人類不斷向前演進，這股力量是不容小覷的。

古代的部落能夠如此強勢，中世紀的帝國能如此壯大，到現今的國家能如此先進，靠的是合作。蜂窩中的社會跟現今印度的階級制度有著異典同工之妙，每一個合作的環節缺一不可。「一日之所需，百工斯為備」，少了農業就沒有工業，少了工業也沒服務業，我們的社會是靠著合作一層一層的往上推進。

在許多比賽中，考驗的是人們的默契與合作。在羽球比賽中更是如此，誰該攻擊，誰該防守，誰該站近，誰又該站遠，比賽不只需要體力與耐力，強大的合作力才是致勝關鍵，少了任何一位選手是肯定不可能獲勝的，這再次的證明合作的強大。我想，在未來的挑戰中，光是一個人的力量是不足以與之抗衡，但如果兩人或三人呢？產生的力量肯定不只兩、三倍，這就是合作特別的地方，所以做事不要老是單獨一人，嘗試合作，會有意想不到的結果。

一位令我欣賞的同學

吳宗璇

他，是我在班上最不喜歡的人，其實我也說不明白，我到底是哪裡與他有仇，每次遇見他，我都無法往他的優點看，只覺得他是個討人厭的傢伙。

我並不是一個對人都充滿敵意的人，剛認識班上的同學時，不管同學到底是不是好相處，我都可以和他們打成一片，但是唯有他，我莫名地和他保持距離。

過了一陣子，班導決定要換位子，好死不死我坐在他後面，每當我在認真上課時，他都轉頭過來找我聊天，「拜託！大哥！你想聊天也要選時間啊！我要上課耶！」或者，有時候考得不錯的同學可以拿到一些小獎勵，例如：餅乾、糖果等零食，他都會轉頭過來跟我要一些來吃，我其實很不想分他，但看在他苦苦哀求的份上，我還是分給他了。

當時，我以為我討厭他的原因不過如此，我盡可能地改變我的想法，試著對他好點，但是他似乎特別容易踩到我的地雷，而且用著層出不窮的方式惹到我，胸口的那把無名火，已經不知道第幾次被他燃起，又被我不知道第幾次的掩埋之下，反而更加厭惡他。

他不只帶給我麻煩，其他同學也有相同的困擾，有些同學直接跟他翻臉，最後鬧到班導出現，跟我們解釋了他的特殊狀況——他其實是一個有過動症的孩子，他做這些動作並不是他有意的，他只是不明白他這樣子會造成我們的困擾。

雖然，我明白了他的行為是情有可原的，但他依舊還是個討厭鬼，天天不斷的「上課」找我聊天，為了去好好了解他、包容他，因此我做了個決定：「下課時好好地陪他聊聊天。」

那節下課，我發現他其實蠻可愛的，他喜歡聊關於釣魚、重型機車的話題，而且他對於這類事情非常的了解，過了幾天，他居然還把他的釣具帶來學校，教我關於釣魚的技巧，還有要如何選擇好的線、釣竿和魚餌。

直到那節短短的十分鐘下課後，我開始欣賞他對於課外知識的求知慾，也很佩服他對釣魚的熱衷，而且他把他會的所有知識毫無保留的教我，我喜歡他單純、直率的個性。現在我反而覺得慚愧，以前對他這麼不友善，他卻完全不記恨，對於班上的怨言也一笑置之。

他，雖然是我們班最麻煩的傢伙，但是他一定是我們班裡最直率的人！期許他以後依然可以保留住自己最單純的個性，不要再被其他人欺負，也祝福他能以自己的能力闖出一番天地。

「三人行，必有我師焉。」注意身旁的朋友和周遭的人們，他們一定也有值得欣賞與學習的地方。

一場難忘的比賽

莊詠婷

兩年前，我是內壢國中機器人社裡其中的一個社員，當時我們最大的一個目標，就是代表整個桃園市，取得佳績，並稱霸全國，為桃園市爭光。

升國一的那個暑假，我參加了學校所舉辦的「暑期機器人社團」，當時的我，一開始，只是覺得機器人「應該」很好玩，所以就去報名了。當我在向老師學習程式，成功時，感到非常的開心，自大的認為自己很厲害，直到後來自己失敗，寫錯或裝錯零件，那個挫折感，強烈的衝擊著我，所以我開始不以玩票的心態去學習，而是用認真的態度，去研究「機器人」。接著，在之後的入社測驗當中，我靠著同學的指導，以及自己的努力，成功的進入機器人社。

開學後，我們社團裡的十七人，開始以下學期的國際奧林匹亞機器人大賽「ＷＲＯ」做努力。還好，社團裡並非只有我一個女生，還有兩個女生陪著我，當初入社時，也是我拉她們進來的。每個星期四，我們都很認真的學習老師教我們的程式應用。很快的，距離比賽的日子只剩兩個多月了，可是我們這一組就連主題都還未想好，每個星期的那兩節課，就只能討論、討論，再討論，不過最後總算是討論出來，要以「火山」的礦產來做主題。

離比賽的日子越來越近了，我們這一組也正努力的在趕工，不過單單只是做火山模型跟機器人，就花掉我們很多時間。火山模型，考量到方便攜帶至比賽會場，所以決定用較輕的保麗龍，不過，在坡度的部分，花的時間快要兩天才做完，而且小碎片會亂飛，在這一方面可下了很大的功夫，而機器人必須同時使用多個馬達才可以完成，所以在組裝這方面來來回回拆了又裝、裝了又拆，不過在改良下也變得很成功。

到了當天，五月三十日，正式比賽的日子，我帶著很緊張的心情，到了比賽場地，我看到了很多看起來比我們這一組機器人還要厲害的隊伍，但我們還是很努力準備程式跟講稿。終於，裁判們來到了我們這一組。身為烏龍隊長的我，由於我的應變能力較另外兩人弱，只能負責操縱機器人，加上回答事先模擬過裁判們會問的問題。最後，我們的比賽以圓滿完成收場。

晚上成績發表時，我怎麼樣也沒想到，不被老師看好的我們，竟然得到創意賽的「第三名」，我興奮的向同組的組員報喜。隔天下午，我們馬上奔往萬能科技大學，期待著領獎時刻。很快的到了我們領獎的時刻。當叫到我們名字時，帶著緊張的心情上了台。戴上了銅牌，而那塊厚重的銅牌，也不斷敲擊我那顆無比雀躍的心！

最後，如果沒有兩位隊友陪伴著我，一定沒辦法自己獲得第三名，而且自己一個人，根本無法參賽，所以很謝謝我的那兩位隊友，願意幫助我和我合作，更開心的是自己變得謙虛不自傲了。

分工合作的重要

劉千慈

人類是群居的動物，所以生活一定離不開合作。合作是什麼呢？所謂的「合作」就是指在共同目的下一起努力的意思。

在合作的世界裡，蜜蜂們分工完成自己的任務，蜂后負責產卵延續後代；雄蜂負責和蜂后交配；而其他蜜蜂則負責採集花蜜或保衛家園，看牠們精細的分工，共同營造出屬於自己的王國，就像我們人類一樣，國家和家庭都是由人們的互相協助、合作，以這些為基礎，才構成了我們現在的世界。

在合作的世界裡，不管是已經出了社會的大人或是像我們一樣還在求學階段的學生，也都會有合作的關係，大人們在公司中處理事務，為了公司與經濟和大家一起努力著；學生們則在學校和家裡分擔學習和打掃的工作，這正是我們自己日常生活中的合作啊！

在合作的世界裡，一個樂團不可能只有一人，絕對是要很多志同道合的夥伴們分別負責不同的樂器，獨奏固然好聽，但觀眾看到的只是一個人的成就；而合奏就顯出氣勢磅礴了，動人的樂章來自於大家合作協調的音色，帶給觀眾的震撼自是不同凡響。

如果哪天這個世界失去了合作，會變成什麼樣子呢？蜜蜂不分工合作，那應該很快就被大自然給淘汰；要是大人們不好好合作顧好公司，台灣經濟大概就會崩潰，人民生活出現問題；樂團如果不合作吹好一首曲子，都各吹各的，那還能聽嗎？

所以既然了解了「合作」是那麼的重要，現在就讓我們所在的世界繼續合作下去！以「合作」讓今後的每一天都更美好！

「心」賞

古家欣

當我們在欣賞一幅作品，或者與人相處時，評價總是美醜等關乎外表褒貶不一的詞彙。人們往往以片面去思考整體，而不願了解事物的內在，以狹隘的眼光看蘊含著無限故事的大千世界。這樣不懂「欣賞」二字意義的我們，與以管窺天、以蠡測海又有何不同？而更加諷刺的是，人們似乎連天也不願看，以既有的印象，去認定事物的所有，卻不知道天除了藍天白雲，更有如火海般的紅雲翻動；和如黑怪般的邪雲湧動。不懂「欣賞」的井底之蛙們究竟錯過了多少令人落淚的精彩？

在春秋戰國時期，大有秦穆公、伯樂這樣慧眼識英雄的傳奇人物。他們如何能發掘這些消逝在紅塵間的光芒？那當然是因為他們凡事不看表象，注重心靈之美才是他們成功，並且流芳千古的憑據。那為什麼現在的人們都變了調？我們永遠見不得別人好，總是以驕傲的眼光看其他人，不願用心體會對方的美，用耳傾聽對方的好。不知從何年何月，我們早已失去了做到「欣賞」的胸襟，只固守著唯我獨尊的愚蠢世界。或許是時代洪流所帶來的悲劇，抑或是人們不知悔改所衍生的惡習？無人能解答，因為我們習以為常，習慣以偏概全；習慣以惡待人；習慣以混濁的雙眼看骯髒不已的塵世。然而，我們依舊毫無所覺——只想著「這樣又沒什麼不對？」這不正是我們心胸窄小最好的證明嗎？

最可憎的便是明知不可為而為之，我想人們對於欣賞的意義心知肚明，然而做出的行徑卻與原本的意涵背道而馳。我們的作為就如同吸毒，明知不可以，卻還是張嘴吃下罪惡的根源，還沉溺在它所帶來的快樂中無法自拔，渾然不覺自己掉入魔鬼的陷阱，雙眼所見之物被遮蔽；耳朵所聞之事被遮蓋；心所能感之情被剝奪。能怪誰呢？似乎正是我們自己引狼入室，任由那魔鬼用惑人的雙手放火將所有的善念毀滅殆盡。正因如此，我們的雙眼——也成了萬劫不復的黑色。

從古至今，欣賞不僅是指引人成功的光芒，更是我們所不能缺少的品德。秦穆公與伯樂便是將「欣賞」之美發揮得淋漓盡致的賢人。他們身邊能人與良馬環伺，其心透亮，便覺喜不自勝！可想而知，有如此寬闊胸懷的他們也活得非常盡興。我能聽見他們在史書裡對現世的警告和吶喊。奈何早已被遮蔽聽覺讓他們全然不覺。若是我們能多多用心體會花開花落的氣息；日升日落的感動，甚至是人情世故的溫暖，終有一日，那遮蔽視線的黑會隨著感動的淚水一同褪去。那時，我們就能真正體會「心」賞之美！

合作

張淑文

「同學們，要互相合作，事情才會事半功倍哦！」這句話我聽了十幾年，都已經滾瓜爛熟、倒背如流了，相信對於其他人來說也是這樣。但是，「合作」這件事情，說起來簡單，實際地實踐起來卻是無比困難！

小學運動會的項目，不管是趣味競賽或大隊接力，校長、主任或者是老師都會一直不斷地告訴我們要合作。可是呢？每每大家在練習或比賽的時候，卻只依靠自己，認為只有自己才是做得最好的，完全不相信隊友。一旦有人跌倒，或者是拖隊，大家都會拼命的把錯誤怪在他（她）身上，而不是互相鼓勵、幫助他。這，就是我所看到的「合作」！

真正讓我感覺到合作的意義是八年級的園遊會，那時八年級必須要擺設二手攤位，可是我們不想，於是大家開始投票——要設什麼攤位？「要不，我們在教室設個水球的攤位，這樣，就可以賺錢啦！而且，生意應該會不錯。」有位同學興奮地說道。「可是……到時候地上都是水，很難清理欸！」另一位同學有些為難地說了一句中肯的話。於是大家便七嘴八舌地討論到底要設什麼攤位？最後有位女生拍板定案——辦鬼屋！這個提議大家都贊成，可是，有一個問題，就是「時間」。距離園遊會只剩三天，三天欸！大家雖然嘴上說贊成、會好好配合，可是心裡應該都在想著：只剩三天，三天來不及的，而且，白天要上課，哪有時間討論鬼屋的事情！但是，班上卻在短時間組成了一個負責想計劃的小團體，姑且就叫它「策劃組」好了。第一天便在策劃組的鬥嘴聲悄悄度過。第二天策劃組好像有點動作了，可能是查覺到時間好像不夠了，顧不得吵架鬥嘴，急急忙忙把草案弄出來。第三天到了，全班竟然十分有秩序地配合策劃組做事，這讓我震驚了許久。放學了，有幾位熱心的同學們留下來幫忙佈置鬼屋，就連班導也留下幫忙指揮和擋生教……別懷疑，真的是擋生教。因為教育部規定五點半以後學生不得逗留學校，所以班導為了讓我們能安心的佈置，選擇留下來陪我們，這真令我感動！有了班導背後默默的支持，所有人都卯足全力，只為了能讓班導、還有其他同學們能早點回家休息。大約七、八點時，幾個意想不到的身影出現在822教室，待看清楚他們的面容時，只聽到身後幾位同學的驚呼聲：「媽媽！您怎麼會在這裡？」啊！原來是幾位十分熱心的同學媽媽來幫忙了。有了「媽媽軍團」的幫助，做起事來更是事半功倍！中途，有歡笑、有淚水，當然，淚水是因為太睏了，所以揉眼睛弄出來的。最後，在大家的努力下，「鬼屋」完成了，我心中的大石也在完成的瞬間放下了，我抬頭看看時間，「已經十二點多了呢……」我輕聲呢喃。大家開始收拾東西，準備離開這間真的像鬼屋的「鬼屋」，媽媽們各自將自己的小孩拎回家。而我，當然是打電話請家人來載我啦！我很感謝我的家人，擔心我自己這麼晚走路回家會有危險，可是又願意讓我參與班上的活動，等我等到十二點多，只為了讓我平安，真的很謝謝他們。我回到家後，帶著滿心的期待和睡意迎接第二天的園遊會。

　園遊會到了，大家急急忙忙地準備和迎接「客人們」，因為感覺門有點空，所以某位同學的媽媽便拿幾張黃色的紙和一隻紅色的筆，你猜到她要幹嘛嗎？她竟然隨手拈來畫「符咒」！有了這個符咒的加持，使我們的鬼屋更加的詭譎與未知。開幕了！一開始並沒有什麼人來，可是漸漸地開始大排長龍，原因有三個：一是我們班的地理位置好，北門一進來就可以看到這個由紅色和黑色為主色系的教室。二是老師們會幫我們做宣傳，一傳十、十傳百。三是因為我們沒有做海報或傳單之類的，而是運用網路，將鬼屋的「傳單」送到好友的手上，這樣，既不會浪費紙張，又不會浪費時間，最重要的是……效率、效果好！可能是上天看到我們的努力吧！我們結束還是是以大排長龍收場。到了最後結算的時間了，所有人正襟危坐的在位子上等待老師宣佈結果，四周安靜得彷彿可以聽到周圍同學們微微的心跳聲，就在老師吸氣、準備吐氣將結果說出來時，我可以清楚地聽到同學們跟著吸氣的聲音，這是我第一次看到所有同學專注和團結的模樣，著實令我驚艷！結果公佈了，一整天下來，賺進了七千多。這個結果公佈時，我發現並沒有人高興，也沒有人遺憾。啊！原來是不知道標準在哪？這個數字到底是高還是低？所有人的心中都有這個疑問，老師很有耐心的回答「當然是高囉！比其他班不知要高出多少呢！」這時，大家才真正打從心底歡呼！

經過這次的事情，我瞭解到：合作，並不是嘴上說說，也不是別人說什麼你做什麼，而是所有人都將某件事放在心上、記在心裡，最後付諸行動。這樣，大家都有一個共同的目標，就是——做好它！這就是合作的意義！當然，真正的合作是可遇而不可求的，幸運的我竟然在人生的初期就體驗到，真的很感謝老天，讓我遇到這群令我一生難忘的同學！

合作的重要

陳心葳

有句俗話說：「單絲不成線，獨木不成林。」如果大家能團結一心、共同努力，就一定能發揮團隊戰力，一步步邁向成功；相反的，如果在一個團體中，大家各自為政，自私自利，這樣團隊就會像一盤散沙，最後只能以失敗收場。

一張張陌生的臉孔、一個個怯生生的表情，流露出驚恐和不安，這是我們班去年入學新生訓練的情景。當時每個人都沉默不語，彼此也不大認識。開學後，同學們慢慢熟悉，漸漸打成一片，彼此間也有了默契。「噹—噹—噹—」上課鈴聲響起，老師宣布一年一度的運動會就要開鑼了！而運動會中有一項特別的競賽——造型進場，老師詢問全班的參加意願。經過熱烈討論及表決後，我們決定把握這次的機會，展現團隊合作的精神，參與這場競賽。

大家開始分工合作，有的人編舞、有的人做道具，所有人都充分合作，忙得不可開交。當前置作業完成後，我們便開始排練，但因為時間不足，沒能趕上預定的進度，只好利用課餘時間加緊練習，並請師長給予意見，這讓我們有更多的進步空間。一開始大家的動作非常不整齊且沒有默契，但隨著練習次數的增加，大家熟能生巧，也對比賽充滿了信心，我們拿出最好的表現，全力以赴，展現團隊合作的成果。精彩萬分的造型進場終於開始了！最後我們獲得了第二名的殊榮，同學們花費的心血總算值得了！經過了這一場競賽，大家共創了美好的回憶，也使得班上越來越團結、越來越能互助合作了！

在中國歷史上，互助合作的例子也不勝枚舉。在兵荒馬亂的漢朝末年，盜賊四起，百姓生活苦不堪言。但在這個時期，卻出了三位眾所皆知的英雄人物——劉備、張飛和關羽。他們三個人因為懂得互相信任、互助合作，才能與曹魏、孫吳，在當時形成三國鼎立之勢。而他們三個人同舟共濟、齊心合作的精神，也流傳千古，被後人頌揚。

合作，能凝聚團隊的向心力；合作，能激發每位隊員的潛能；合作，更能讓每個人發揮所長。所以在團體中，大家一定要屏棄自己的成見，相互合作，才能將每位隊員微薄的力量聚集起來，化做團隊勇往直前的動力，一步步邁向成功。

在心田種一顆誠實的種子

黃雅涵

做人的第一原則，一定就是誠實了！心靈就像一片田，而誠實就是一顆種子，只要用心地去做到該完成的生長條件，有一天，你將會有一片綠油油的草原，當蜜蜂、蝴蝶出現時，代表你成功的開始，這些過程聽起來很簡單，而做到的人卻不多，那是因為你的田裡，開始出現了蟲，不斷把新長的葉子吃掉了，在這裡，蟲代表的就是你的良心，若良心開始變壞了，就會把一切的努力都毀了，那麼你將會永遠種不出良好的心田。

為什麼誠實那麼重要呢？想一想，如果大家都喜歡騙人，那這個世界早就毀了滅了。美國有名的政治家富蘭克林曾經說過：「誠實與勤勉，應該成為你永久的伴侶」。意思就是希望大家都能一直保持一顆誠實的心，最好是一生都帶著它，那你將會成為一個人人都敬重的人。在人生的旅程上，我們往往不知道會發生什麼意外，但如果真的有神明，那麼祂一定公平，只要你做好人，一定都會得到好報，雖然不可能會讓你一夜致富，但最少也不會有太壞的事情發生吧？常常看到新聞報導，有人偷東西卻不承認，如此最後反而會加重刑責，不是更得不償失嗎？但最好就是不要去偷東西，只要是好手好腳，一定都有工作機會的。

在這個競爭的社會，許多大老闆最注重的還是員工的態度，而「誠信」也是態度的一環，人說：「學歷很重要」，沒錯！學歷很重要，但現在有太多的案例，讓我們發現，從小就要培養誠實的態度，因為「江山易改，本性難移」，錯了一次、兩次，第三次以後就沒有辦法挽回了，這句話的意思是一個人的個性很難改，所以也就是為什麼要從小培養誠信的好德性。為什麼態度要成為工作的一環？如果有一間公司的員工都不誠實，做事投機取巧，那麼這間公司遲早會倒，因為所有錢都被員工偷或貪了，這間公司也不用開了，為了避免這種後果發生，老闆當然要精挑細選，選出有誠信特質的員工為公司努力付出啊！

誠實跟學生也息息相關呢！相信老師最不能接受的就是不誠實了，考試考不好沒關係，失敗了再爬起來就好，但不能為了得高分，而欺詐矇騙其他人，那樣的行為是絕不可原諒，如果為了不要在學習的路上跌倒，就不能做背叛良心的事，否則你永遠只會成為失敗的人，也許第一次不會被發現，那誰又能保證第二次以後不會被發現呢？抄答案也是一樣，只會讓自己退步，而不是進步，如果有課堂上的問題，可以問老師，或者是多看多練習，用抄的可能只會在幾分鐘內記得，但學習是永無止境的，所以學問也要永遠記得，不能只記到考試吧？而且作弊會違背自己的良心，「作弊」或許會讓你一時的輕鬆，但卻毀壞了一生，所以要不要當成功的人，決定權就在自己手上了。

我覺得不管是小孩、成人，都不能說謊，人生就好像一張白紙，說一次謊，就會被滴上一滴黑墨，不管你怎麼做，都不能變回去了，意思就是你給人一次不好的印象，從此以後別人對你的感覺就會不好，人生沒有重來這件事，時間也是一樣，所以要把握當下，誠實的面對自己，也誠實的面對別人，那你就可以迎接未來的成功帶來的成就了。可見誠信對任何人的重要性。

百善孝為先

邱奕欣

古人云：「百善孝為先」，這個世界上最辛苦也最偉大的職業莫過於父母了，他們賦予我們生命，並含辛茹苦的將我們拉拔長大，他們努力工作，為的就是能讓我們過好的生活，所以我覺得所有品德之中最重要的就是孝順。

我曾看過一則新聞報導：有一個女孩出生在一個貧窮的家庭，父母都是身障者，家中以賣仙草茶為生，她九歲時就幫忙做生意，回到家也會主動打理家務，為行動不便的母親擦澡，陪伴她就醫，更在不耽誤學業的情況下，於假日推著仙草茶四處叫賣。過程中常遇到一些店家怕影響生意就口出惡言辱罵、驅趕她。儘管生活得這麼辛苦，小女孩卻沒有抱怨過，反而更加孝順。

我深深被小女孩的孝心所感動著，當同年齡的同學還在玩耍、嬉戲時，她就必須幫忙父母做生意，但是她不但沒有抱怨，反而更懂事更努力，盡量不讓父母擔心，這樣有孝心的她是值得我們學習的好榜樣。

不論是現在或是過去，很多人都認為要等到自己功成名就、賺大錢之後才要去孝順父母，但是這樣其實是不對的。「樹欲靜而風不止，子欲養而親不待」，有孝心固然很重要，但是盡孝道也要及時，因為沒有人會知道自己什麼時候要離開這個世界，也許哪一天你的父母突然離開了，就算你再怎麼後悔，都無法改變這個事實。

我的爸爸在我國小二年級時就過世了，那時的我還不懂事，爸爸因為生病在台北接受治療，讓我和弟弟借住在朋友家，我每天都吵著要視訊，完全沒有想到爸爸也需要休息。而且爸爸、媽媽不在身邊時，我不只沒有與弟弟互相幫助，反而總是為了一點小事就跟他吵架，讓爸爸在台北還要擔心我們，不能專心治療，現在想來懊悔不已，後悔那時沒有好好孝順他，後悔那時沒有多抱抱他、親親他，甚至在他離開這個世界前的最後一刻，我都沒有陪伴在他身邊，對他說：「爸爸，我愛你。」這也是我人生中很大的遺憾……有一次，我有一題數學題不會，便拿去問媽媽，她卻講了一套與我在學校學截然不同的解法，我請她用我們現在學的方法教我，媽媽卻還是堅持要用他們以前學的方式算，剛開始我還能有耐心的跟她解釋，到最後我就愈來愈不耐煩，甚至亂發脾氣。

子曰：「事父母幾諫，見志不從，又敬不違，勞而不怨。」在生活中也許有時會覺得父母的想法並不是那麼妥當，當我們告訴父母自己的想法時，態度一定要委婉、恭敬，假如他們不認同，就要不厭其煩地說服他們。而我們也應該多體諒父母，畢竟時代不斷在變遷，現在很多的想法與物品是他們從小未曾接觸過的，要他們一下接受這麼多新的事物是很困難的，因此我們更要有耐心，不能感到不耐煩，這也是我應該學習的。

我覺得孝敬真的很重要，假如你不懂得孝敬，就算你再有才華都沒有用。而孝敬父母也可以從生活中的小事做起，一些看似微不足道的小事，其實就可以讓人感動很久。當然，照顧與愛惜自己的生命也很重要，畢竟「身體髮膚受之父母」，珍惜父母給你的健康的身體，不讓父母親擔心，也是孝順的一種方式喔！

我欣賞的人讓我懂得欣賞自己

陳柔羽

欣賞，這個既抽象又具有意義的舉動，對我來說就像是坐上直升機在廣無邊際的天空裡，觀賞一場白雲的魔術表演，但就算飛得再高再遠，最終的目的地仍是陸上，因此欣賞自己也是一件很重要的事情。

在我國中二年級時，換了一家跆拳道道館。起初我以紅帶的身分來到新的道館，放眼望去，全都是穿著護具的學生，乍看之下還以為是氣勢萬鈞的軍隊，而站在一旁的我，只穿著一件白淨淨的道服，瞪大的雙眼就快要被眼前的景象嚇得掉出來了！這還只是開胃菜，接下來的基本連續動作，更是直接打碎我那堅硬如石的自信心，再加上有越來越多人對於沒有護具卻綁著紅帶的我充滿質疑，使我也漸漸開始懷疑自己的實力。

幾個禮拜過去了，我雖然也拿到了護具，但從來沒有打過對練的我，對於對練實在是一竅不通，而且經常被藍帶打得落花流水，甚至百戰百輸，雖然大家沒說什麼，但我能感受到他們其實很不想再看有我的對練，我也因為自己的笨手笨腳而覺得十分丟臉，真想挖個洞把自己藏起來。某天，有個跟我年紀相同的黑帶前輩，突然很關心我，也常常教我正確的踢法。我剛開始有點懷疑，懷疑他是不是想要近距離的嘲笑我，但是事情沒有我想得那麼糟，因為在一次又一次的練習裡，即便我再怎麼不協調、學習速度再怎麼遲鈍，他臉上仍掛著溫暖的笑容，耐心的指導我，說真的，除了教練，他是第一個不放棄我的人，我不知不覺就越來越欣賞他了。

時間快速地流逝，終於到了晉級升帶的日子，每次的晉級都會有黑帶的前輩們來幫忙，這次我在茫茫人海中看見他的身影，高大強悍的外表、溫柔的雙眼，就是他的特徵，而且特別的吸引我。另外這次的晉級能跳級的話，這段期間就是最後代表我色帶的人生了，種種動力讓我真想打出漂亮的成績。

在測驗的過程中，我的腦海不停湧出昔日練習的畫面，沒有一張不出現我的恩人認真教我的神情，從基本動作到對練，從對練到品勢，每個細節、每個橋段都依稀存在，往事歷歷在目。測驗隨著回憶慢慢進入尾聲，令人緊張的時刻到了，當測驗官公布完升帶名單後，我的心頓時涼了，因為我不在名單內，我緊咬著嘴唇，咬到都滲血了，發抖著捫心自問：「我真的打得那麼爛嗎？」就在此時測驗官突然念到我的名字，我嚇到了，但並不是被測驗官嚇到，而是這測驗結果太驚人了——我跳級了！

感動不已的淚水，澈底洗掉過往的辛酸。在拍完紀念照後我馬上去找我的恩人，當我找到他時，他也正想找我，更巧的是，我們要對彼此說的話竟大同小異：「我真的很欣賞你。」

在我了解情況後，我終於知道，其實我自己也是一個值得被欣賞的人，這領悟來自於我的恩人，因為他被我的努力不懈所感動，而想認真教我，原來我也有這麼好的優點，可以值得他人欣賞。因此從這件事情告訴我們，開闊視野欣賞他人，更要開啟心房欣賞自己。

我很驕傲我這麼做

陳之柔

我很驕傲我交出了那張成績單！在那個陰雨連綿的下午，老師緩緩地走進教室，臉上掛著一抹微笑，用不疾不徐的聲音報出同學期待已久的考卷分數，當老師唸到我的名字時：「一百分！」我雀躍地跳了起來，手舞足蹈地到講台前拿考卷，但當老師開始核對答案時，「咦？第四題答案不是B嗎？怎麼會是C呢？」我心裡忍不住懷疑答案是否被老師改錯了？再看一次，果然是錯誤的答案！我當下沒說什麼，只是默默的把考卷收進背包，悶悶不樂地走回家。

在書桌前，我呆呆地凝視著那張被批改錯誤的考卷，心裡想著同學羨慕的掌聲，但若是老師知道：我刻意隱瞞錯誤，那種嚴厲的眼光會像X光般的盯著我，而且自己也不會原諒這樣故意隱藏錯誤的自私行為，或許誠實的坦承自己的錯誤，也是一件好事吧！經過了半晌沉思後，決定在明早交出那張考卷。

到了隔天，我戰戰兢兢地走到辦公室，伸出發抖的手敲了敲門，把那張考卷交到老師的手裡，讓我出乎意料的是：老師不但沒有大發雷霆，反而摸摸我的頭，微笑地說：「沒想到妳竟然不會為了自尊心和虛榮感而隱瞞分數，願意主動訂正錯誤，老師真的很感動。」雖然分數從原本的一百分變成了九十六分，但我並不失望，反而有種如釋重負的踏實感，當邁出辦公室大門時，和煦的陽光灑落在我身上，我知道：我做到了！

如果當時沒有更正那張考卷的分數，或許到現在都還依然心存著罪惡感和不安，也無法學習到誠實比成績更可貴的道理。在某些時候，努力的過程中學到的東西比最後的結果更珍貴，也能幫助我們度過人生往後可能遇到的其他難關，我很驕傲我這麼做了！

我很驕傲我這麼做

林妤倩

一個下著綿綿細雨的日子，風拂面而來，為濕悶的天氣增加了一些寒冷，走在布滿樹木和草的人行道上，隱約聞得到青草所散發出的淡淡香味。我放學後撐著傘，望著灰暗的天空，踏著沉重的步伐走在回家的途中，看到了一個年約六旬的老婆婆。

她手上提著大包小包的菜，獨自一人站在略微稀疏的樹蔭下，愁眉苦臉的望著天空嘆氣，她的衣服被落下的雨滴弄得有些溼，在雨中顯得些許狼狽，我抿了抿唇，手中的傘柄被自己用力的握緊，片刻後，又輕輕地放開來，看著那逐漸變大的雨，我就算想一走了之，卻又怎麼也踏不出步伐，後來，我看著傾盆大雨透過樹梢滴落在那個老婆婆身上，我實在於心不忍便奮不顧身地衝到樹下，把傘遞給老婆婆，鼓起勇氣地說：「我把傘借給妳吧？」她先是感到驚訝，而後對我露出和藹可親的微笑道謝離去。

回家時，冰冷的雨絲以迅雷不及掩耳的速度浸溼了我，風也令人感到凜冽刺骨，但是心中的溫暖卻沒有因此而被澆熄，相反的，只感覺到一股力量支持著我，我很驕傲我借了一把傘，因為我幫助了一個人，為這個逐漸冰冷的社會增添了一些情味和愛心，我認為一個真心的微笑，是連千金都買不到的，況且，人本來就無法自己一個人活下去，互助合作，才能讓這社會更溫暖，相信不管是任何人，心底深處都是這麼想的。

雖然我可能只是做了一件微不足道的小事，但我很驕傲我這麼做，因為我並沒有視而不見。

我最欣賞的人

彭子庭

每個人的生活中，一定會有一些人是值得我們去學習、模仿並且欣賞的人，他並不是神，但他在我心中就像神一樣，他只是位棒球員，那個人就是梁家榮。

也許他不像陳金鋒、林智勝、彭政閔……等人一樣名聞遐邇，他所經歷的事情也並不像其他球員一樣多，而我會欣賞他的原因大多不在於他的外表，是在他那種持之以恆、心堅石穿的態度！就算失敗了，休息一會，路還是要把他走完，即使剛被三振了，也始終笑著不影響自己的情緒，迎接下一次的打擊機會。年紀只有二十一歲的他，能有這種毅力，真的是我們的典範。

在他國中畢業的時候，面對人生第一個重大的抉擇，就是：「到底要不要去日本打球？」也因為這個決定，使得他們父子失和了，但他想著：「人生就只有那麼一次，而且未來的路也是要靠自己去開拓的。」最終他還是不顧父親的反對而離鄉背井前往日本。他在日本時，偶爾還是會掛念著父親，也會想：「這麼做真的是對的嗎？」但為了要證明自己是可以的，所以他更加努力認真的練習。畢竟他是台灣人，在那難免也會被其他日本小孩指指點點，說些不好聽的話，但他還是可以把那些負面的話轉換成一種正面能量，讓自己撐過去。

回來台灣沒過多久，他便獲邀參加中職選秀，沒想到第一次就被選上了，而且還是第一指名被選為桃猿的內野手！從去年喜歡他到現在，都有看見他的努力，因為他也慢慢地在進步。身為他「鐵粉」的我真得很替他開心，雖然，最近他表現得不是很理想，但我仍然相信他很快就會調整回來的。

梁家榮就像是我人生一大半的動力，當我遇到課業低潮時，就會想到自己欣賞的他是如何走過來的，想放棄的時候也會想起他，告訴自己絕對不能放棄！二年後，我也將國中畢業，面對我人生第一個選擇，我希望自己可以像我所欣賞的他一樣堅持自己的選擇，走出屬於自己的康莊大道。

那年，團結的象徵

李亭頤

記得那年夏天，一起歡笑、一起吶喊、一起追逐的我們，從爭吵到和好，從沮喪到振作，那是一段很重要的回憶，它紀錄著三班的團結。

炎熱的夏季無預警地來到我的身旁，伴隨著的是熱鬧非凡的運動會，在一天又一天的體能訓練下，開始了許多刺激的預賽。槍聲鳴起，慢跑預賽開始了，場邊加油聲四起，各班都拚盡了全力想晉級，我們也不甘示弱，像匹脫韁野馬般地衝了出去，我們頂著高溫，在灼熱的太陽下奔跑，隨著時間慢慢流逝，體力似乎也到了極限，眼看只剩短短的距離，但雙腳卻因疲憊而不爭氣地慢了下來，更因高溫而頭昏眼花，就在快倒下之際，背後出現了好多隻手扶著我的腰，回首一看正是我的同學們，溫暖的手似乎告訴我要堅持到最後，於是帶著僅存的意志力奔向了終點，衝過終點的剎那，所有的汗水都值得了。到了評審宣布成績的緊張時刻了，大家全神貫注的聆聽，操場上格外的安靜，連同學緊張的心跳聲都能聽見。成績宣布完畢，幾家歡樂，幾家愁，有些班級興奮地大聲吶喊，有些則是失落地放聲大哭，晉級榜單上並沒有我們班，而我們都知道大家已經盡力了。練習的那段時間班上多了好多聚在一起的機會，大家團在一起認真討論戰術、一起玩耍嬉鬧、互相扶持，但結果卻不如人意，這或許是老天爺在考驗著我們吧！看著互相安慰、打氣的背影，這才驚覺原來我們已經得到了比榮耀還珍貴的團結。

隨著各項預賽的落幕，眾人期待已久的運動會也緊接而來。這天清晨，全校一片烏黑，唯獨一間教室亮著一盞燈，往裡探頭一看，大夥們正七手八腳的準備著造型進場，有些人全神貫注地幫同學化妝，有些人笨拙的試穿服裝，也有人已經飢餓到開始搶奪別人的早餐了，教室裡充斥的笑聲，打破了校園內的寂靜，大家打鬧的模樣和無限的熱情，為漆黑的清晨注入了滿滿活力。我們就這樣嬉鬧了好久，太陽也漸漸露出光芒，事前準備工作也告了一個段落。開幕典禮在主席吱吱喳喳講個不停中結束了，而再過不久就是造型進場了。隨著音樂的開始，先是女孩們輕快地轉了一圈，再來由男孩做出十分有力道的popping，接著全體整齊一致地跟著節奏跳舞，配合著頻繁的隊形變換和令人驚艷的翻筋斗，每一個人都踩著自信的舞步，奮力舞動身體，衣服早已被汗水浸濕，但臉上仍流露出不服輸的神情，最後全體合作無間地完成這場表演，頓時台下評審拍手叫好，觀眾的尖叫聲更是響徹雲霄，而台上光芒四射的班級正是我們！結束了表演後，大家並沒有鬆懈，因為在運動會裡還有一項人人爭相搶奪的大獎——精神總錦標。

但回到班上的小棚子後，不知道是悶騷還是疲憊，班長在前面帶頭喊口號時，並沒有人回應他，評分老師也經過我們班好多遍了，此時有些個性比較直接的同學立刻站出來幫班長責備其他同學，因為立場不同，所以全班就吵了起來，同學們開始爭鋒相對，最後班長忍不住說了：「精神總錦標是我們的目標，剛剛已經有很多評分老師走過，看見我們這麼混亂的樣子，我們得名的機率不高了，雖然不會得名，但我們還是得喊出口號，因為這些口號代表的是團結。」聽完這段話後，大家豁然開朗，決定再次團結。班長帶領著我們大聲喊出口號，這時大家已經不在乎是否得名了，只瘋狂的吶喊與尖叫，儘管別班用異樣的眼光望向我們，大夥們仍沉浸在團康遊戲裡，過程中全是滿滿的歡笑，而加油聲就屬我們班最大聲，任何的比賽都能聽見我們的聲音，閉幕典禮就在嘶吼的加油聲中到來了。台上主席一一宣布獎項，首先是我們班一致獲得好評的造型進場，我們不意外地得了第三名，雖然好勝心強的我們目標是第一名，但這樣的結果我們已經很滿足了。聽主席頒完所有獎項後，眾所矚目的精神總錦標終於要頒發了，全場安靜地聽著主席頒獎，而頒到第二名時，班上全都心灰意冷地低下頭來，認為我們不可能得名，接著主席慢條斯理的說：「精神總錦標第一名得主是……」此刻每個人的心臟都快停止了「703！」剎那間我們什麼都沒想地站起來大聲歡呼，有人激動的抱住同學，有人的眼眶紅了，班長更火速衝往司令台領獎。當班長回來時，把錦旗高高舉在空中，我們上前將班長拋起並瘋狂尖叫，陽光下的旗幟是我們的榮譽，沒有任何事物能比那面旗幟更耀眼了。

精神總錦標就像一面拼圖，每個人都代表一片，少任何一片都不行，全班的榮譽是共同組成，少一個就不是三班，團結、合作，是我們不變的信仰。

垃圾阿婆

張裕湘

我居住在一棟二十幾年的公寓社區，每天社區旁邊都會出現一位幫忙收垃圾、處理回收的阿婆，因為她的身上總是發出陣陣的惡臭，所以小孩子都叫她「垃圾阿婆」。平常小朋友上學時，只要經過她的身旁，都一定會說：「臭阿婆又在收垃圾了，好臭喔！」不然就說：「太臭了，走開，不要在我家旁邊收垃圾，我們會被你的臭味燻死的。」有一天，阿婆旁邊出現一位漂亮姊姊，大家又說：「哈哈哈……ㄟ！你看那不是臭阿婆的女兒嗎？」「怎麼可能，臭阿婆又髒又臭得要死，再看看那美麗的姊姊，不管怎麼看都不像母女呀！大家評評理，我說得對不對啊？」大家就這樣你一句我一言的數落阿婆，但阿婆不管大家如何議論她，如何對她指指點點，她還是日復一日的在社區旁幫忙收垃圾。

有一天上學的時候，發現今天阿婆怎麼沒有在樓下收垃圾，慢慢的，有好一段時間都沒看到阿婆的身影，聽爸媽聊天時，才知道原來阿婆發生車禍了，而小朋友們看到一連好幾天阿婆都沒出現，大家非常的開心說：「臭阿婆不在了，真開心。」可是，日子一天天過去了，大家開始發覺，我們的社區怎麼變得又臭又髒亂，原來平常都是阿婆默默地幫大家整理環境，我們的社區才會那麼乾淨整潔，於是，大家開始感到懊惱愧疚，我們是不是不應該隨便叫她「臭阿婆」，「我們對阿婆實在太沒禮貌了。」大家開始反省的說。記得媽媽曾經說：「人人都有被需要的價值，步出自我的小天地，貢獻你的力量，你會發現自己存在的意義與價值。」阿婆天天幫我們做事，把社區整理得很乾淨，讓我們大家有一個舒適的居住環境，然而卻無法讓鄰居了解她的用心，大家還一直罵她取笑她，真是太不應該了！於是大家決定一起到阿婆家去看她，當我們一到阿婆家，發現環境怎麼裝飾得很奇怪，也聽到了從阿婆家裡發出的哭聲，啊！原來是阿婆過世了，大家的心裡都好難過，因為我們連一句「對不起跟謝謝您」都還來不及跟阿婆說，阿婆就離開我們了。阿婆的女兒看到我們就出來跟大家說：「阿婆並沒有怪大家，阿婆說你們年紀小，還不懂事，但請大家記得，不管做什麼工作或是對誰都一樣，應該要懂得欣賞跟尊重。」我們聽了之後覺得好難過，心情也很沉重，覺得我們怎麼這麼不懂事，行為這麼狂妄呢？

雖然阿婆平常只是為社區撿垃圾、整理環境，但她卻創造了自己生命的價值，默默付出不求回報。經過阿婆的事件，讓我真正懂得「真心誠意為人付出，心靈就會感到充實，胸襟也會變得開闊」，就像阿婆一樣，把小愛化成大愛，像阿婆這樣的精神是值得我學習效法的啊！

朋友，謝謝你

孫小菲

人們一生當中的各個階段，就像是一個個巨大且錯綜複雜的迷宮。在迷宮之內人們必須不斷作出抉擇，而能夠幫助你做出最佳判斷的，除了血濃於水的親情之外，便是真摯的友誼。兩者相輔而成，缺一不可。唯有在親密的家人和真心的朋友陪伴下，我們才能安然無恙的走出每一個迷宮，迎接人生的下一個階段。

朋友是一生的財富，這句話我深有同感。在國小五年級的時候，我突然莫名其妙的被班上女生排擠，一開始還不自覺，沒有看出她們和善的表面下那些令人不齒的手段，依舊把她們當作好朋友、好姐妹。直到被支離破碎的友誼割得遍體鱗傷，才猛然醒悟，原來一切都是自作多情，付出的真誠換來的卻是刺骨的背叛。我崩潰，我逃避，把自己埋於浩瀚的書海，追尋故事中虛無縹緲的異世界，藉此忘卻現實生活的愁苦煩悶。可是即便如此，當每每從幻想中回過神，卻仍不免黯然神傷，因為排擠我的人脅迫其他人不准跟我聊天，使得我在班上形單影隻、孤立無援，正當我決定放棄希望時，她就出現了。

她是我們班的班長，個性正直仗義，但是跟我不熟。有一天她突然跑來找我，臉龐因為怒氣脹得通紅，她說：「我再也受不了了！我來當你的好朋友！」當下我以為她在開玩笑，並沒有特別在意。長久以來的挫折使我不願意相信任何人，只因再也不想承受那種痛徹心扉的背叛。但令人意想不到的是，那天之後她每節下課都來找我談天說地，言談間的關心與包容漸漸融化我冰封的心。更令我感動的是，即使被人惡言相向或是冷言冷語，她卻仍舊堅持著與我的友誼。她讓我打開心房勇於面對過去的傷疤，我終於明白自己並不是完全無辜的受害者，會被排擠一方面是她們的不成熟，一方面也是自己的個性太過堅持。她陪我改正待人處世的方式，讓我學會反省，學會改錯，幫助我成為一個更好的人。

她就像黑暗中綻放的星光，使我在人生的幽谷中找出一絲希望；她讓我明白在這個冷漠的世界中，還是有包容體諒、互相關懷的可能存在。她就像一把鑰匙，打開我封閉的心靈，使我不再畏懼人群。她陪伴我走過許多風風雨雨，為我那六年的光陰畫下完美的休止符，是我在小學生涯中最感謝的朋友。雖然畢業後因為就讀不同學區，兩人之間的互動越來越少，但是，她仍然在我心中占據一席之地。

現在的我對於交友已不再恐懼，在國中也認識了志同道合的好朋友，而這一切都是她的功勞。不過我對於國小的時光其實一直有個小小的遺憾，那就是在畢業典禮當天沒有親口跟她道謝。期待再度相遇的那一天，我可以當著她的面親口說：「朋友，謝謝你，有你，真好！」

負責的重要

施聿芸

負責，顧名思義就是要負起自己應盡的責任。

從小，大人們總是教導我們不論做什麼事都應該要對自己的言行舉止負責，而為了讓我們能夠身體力行，在學校裡也安排了各式各樣的幹部，就是希望我們可以藉此培養自己負責任的態度。

在班上、社團中，比較有領導能力、有責任感的同學，總是會被老師安排在較為重要的職位，因為他們的工作每每攸關了全班的福利，更甚至會影響到大家的獎懲，所以我一直認為這些能夠勝任班上要職並且得到老師信任的同學真的十分的不容易。

而不僅僅是在學校時老師教導我們負責任，在我的家中也是如此。我的父親，他雖然不是位嚴父，但是他十分注重家中每一個人的品行，特別是要求我們要有責任感。一直以來我的父母親幾乎從不要求我的成績，這並不代表他們不在乎，這只是因為他們認為我們讀書並不是為別人而讀，而是為了自己，所以我們也理所應當地必須為自己所努力得來的成果負起責任來。美國總統威爾遜曾講過：「責任感與機遇成正比。」這也說明了如果你在處理任何的事情時都能為它的結果負起責任，那麼你就越有可能遇到好的機會。

還記得有一年剛開學不久的時候，班導在無預警的情況下突然將國文小老師給撤換了下來，當時全班同學無一不感到錯愕震驚，後來我們才知道這件事的起因，原來是因為有天國文老師跟我們說：「明天要考講義第二課。」並且再三地囑咐小老師一定要在放學前將講義發還給同學，沒想到小老師竟然忘記了！結果那一次的考試大家都考差了，班導聽到這件事後氣得將小老師找去辦公室臭罵了一頓，於是這位小老師就因為他沒有善盡他的責任而丟了他的工作，這件事情也印證了托爾斯泰所說的：「一個人若是沒有熱情，他將一事無成，而熱情的基點正是責任心。」

梁啟超曾說過：「人生須知負責任的苦處，才能知道有盡責的樂趣。」所以每個人都應該要對自己負責，對自己做過的事、說過的話負責，千萬不要等到事情變成一發不可收拾的局面時才回過頭來反省自己當初的過錯，更不要做自己無法負起責任的事，希望每一個人都可以為自己的所做所為負責，這樣子也許這個社會的亂象也會減少一些吧！

最美的一幅風景

呂紹瑄

老師，最美的風景是看到自己的學生可以為社會貢獻；農民，最美的風景是看到自己的莊稼豐收；小鳥，最美的風景是早上學會在空中翱翔。也許最美的風景只是一片草地，同學的一聲問候，家人的一份關心，朋友的一個眼神。你們能猜到我覺得最美的風景是什麼嗎？

剛入小學四年級的時候，老師的微笑便給我留下很深刻的印象，那麼美，那麼親切，用母親來形容那感覺也不為過。錯誤面前，老師給我的不是批評，而是心平氣和地聊天，用微笑讓我內心深感慚愧；苦惱之中，老師給我的不是一張「說明書」，而是語重心長地對話，用微笑引導我走向成功的道路；失敗面前，老師給我的不是數落錯誤，而是倍感親切的鼓勵，用微笑讓我信心倍增……。課堂上，一個期待的微笑，一個鼓勵的微笑，一個親切的微笑，一個讚許的微笑。

一次我參加畫畫比賽的時候，當時閃過腦海的便是老師的微笑。鈴——刺耳的一聲考試鈴聲迴盪在走廊上，傳遍校園裡。眼看旁邊要參加比賽的同學都已經開始完成自己的作品了。而我的腦子裡如同一團亂麻，不知從何下筆，正在我著急的時候，彷彿有一隻大手拍了拍我的肩膀，我抬起頭，看到老師正朝我微笑，「不用緊張，好好做，你可以的！」我又重新鼓起勇氣，開始忙碌起來了。

老師的和藹笑容已在不知不覺中，悄悄地潛入我的心理，在我心中烙印下了一個溫暖的痕跡，使我不管何時何地都忘不了那善美的面龐，忘不了那一抹笑容。即使歲月依舊流逝，這仍是最美的一幅風景，牢記在我心。

最感謝的人

周穎瑄

我們家裡有一位常常在大家背後默默付出的人，他長得又高又瘦，體力好，而且既謹慎又負責任。他，就是我最感謝的人——我獨一無二的爸爸。

爸爸雖然喜歡一直對我們嘮叨，但我知道他都是為了我們好。他每天都辛苦的賺錢養家，但卻為了家人的健康而抽出時間訓練大家運動；為了我們的課業，晚上認真的教導我們比較不清楚的地方；也為了讓我們長得高壯，每次都把最好最營養的東西留給我們吃，爸爸總是「犧牲小我，完成大我」，把比較不好的留給自己，好的留給我們。

回想過去，在一個風雨交加的夜晚，我躺在醫院的病床上，接受醫生的治療。爸爸為了讓我不為鼻塞所苦，能舒服地進入夢鄉，趕緊從醫院開車回家拿吸鼻器，再用最快的速度，趁醫院關門前回來幫我把鼻塞吸通。隔天，爸爸想讓病懨懨的我重新充滿笑容，還去商店買了禮物給我。又有一次，我因速度太慢，測驗沒有考好而心情低落，爸爸卻一點也不生氣，反而用龜兔賽跑的故事告訴我烏龜雖然慢，但因為永不放棄，最後反而跑贏速度較快的兔子。爸爸還用「廣達」這家公司因「烏龜」的企業精神，帶領公司在競爭激烈的環境中領先群雄，讓我知道速度慢也不是一件壞事。爸爸總是做些貼心的小事，讓我深受感動。

爸爸，總是在我生病時照顧我；在我喪失信心時鼓勵我；在我寂寞時陪我。就像我的避風港，隨時用溫暖的手關懷我，有這麼好的爸爸，我真是太幸福了！

對於爸爸的愛，我未來一定會好好的孝順他！以後換我來照顧爸爸。雖然現在我沒有能力為爸爸付出，但我想真心的對他說：「爸爸，您辛苦了，謝謝您！」

爺爺，謝謝您

邱芩榕

還記得我出生的那一天，不只是爸爸媽媽很開心，連在家等消息的爺爺以及奶奶，也都抱持著既緊張又期待的心情，由於我是全家第一個小孩，所以大家都非疼我。

回到家的那天，時常不苟言笑的您，便露出了燦爛的笑容，起了個身，緩緩的從媽媽的手上抱住我，而那未坐熱的椅子，只能孤獨的吹著風。四年過去了，為了家計的爸爸媽媽們，到台北去工作，而我只好給爺爺和奶奶來照顧，我最喜歡爺爺帶我去散步、遛狗，而我都當作理所當然，從沒說聲謝謝過，直到有一天，天氣非常冷，但我還是要求爺爺要帶我去公園，而那次回家時，爺爺染上了重病，只能在家休息，所以我就有好幾天都不能去公園了！

從那次之後，我再也不敢要求爺爺幫我做什麼，或帶我去公園……等，好不容易病好時，又來了一場中風，老天爺總是這樣愛捉弄人，所以爺爺前前後後加起來總共中風了三次，就這樣，熬不過病魔折騰的爺爺不在了，我不能再聽到他的聲音了，也沒有人帶我去公園了！只有家裡的那隻狗還陪著我，一向不餵狗吃飯的我，天天準時報到，弄飯給牠吃，因為，那隻狗跟我同年出生，我把牠當成是爺爺留給我最後的禮物，但牠活了兩年後也過世了，所以，我對那隻狗的名字還是念念不忘。

升上國中的我，心裡常會想著一句話：「有總比沒有好，沒有總比失去好，不要失去了，才後悔莫及，那就真的來不及了！」雖然爺爺去世了，但我永遠都不會忘記的，他就是，我最愛的爺爺，我只想對他說：「爺爺，謝謝您，雖然看不到您，但我還是依然愛著您！」

誠信

丁乙欣

何謂誠信？人又為何追求誠信？誠信蘊藏許多為人處事的道理，道理何在？它存在於身邊各個角落，伺機現身。

何謂誠信？是人和人之間重要的溝通要素。如同洶湧的溪水上方，沒有堅固的橋樑，你要如何安全抵達對岸呢？又該如何保護自己不被溪水吞噬呢？一旦橋樑被破壞，便難以再次修復。

人，為何不曾間斷的去建立誠信？正因理解它那不可取代的價值，所以更加費盡心思地去得到它。格林童話中「放羊的小男孩」為大家耳熟能詳的故事，其描述小男孩因一連串的謊言，而終使自己失去了羊群，甚至差點喪失性命。此寓言告訴我們誠信的重要，並教我們時時警惕：謊言一旦說出口，便一發不可收拾。

相信每人都應該知道誠信的重要性，但真的有努力實踐它嗎？或許好玩，又或許貪圖錢財，因而跨越了那封鎖的警戒線。當你跨入禁地的那一刻起，你的良知已經在默默的淌血，為你所作的選擇而流淚。不要為了利益而背叛了自己的良知。許多事，並不是你悔改後，就可以使別人諒解的。終究要知：覆水難收。

當你選擇背棄良知、置誠信於不顧，就要提心吊膽地等待東窗事發的那一天。像是近年來頻傳的黑心油事件：味全的老闆魏應充，被掘出黑心手段後，不只賠上了自己的名聲、金錢，更賠上了手下員工們的穩定生活。逞了一時之利益，並非長久之計。

當我們有機會去辦理信用卡時，一定會看到這句話：「信用無價」。這暗示著我們，就算僅有一次食言，對方的感受和對我們的評價，也有可能於一夕之間轉變。

要建立誠信，極為困難，但想要催毀它，卻如反掌折枝般的容易。面對如此脆弱的誠信，就如同捧著一塊易碎的寶玉一般，要盡心盡力地保護它，或不顧一切地踐踏它，選擇權永遠掌握在自己手中。

誠實的重要

林家妍

誠實是一種美德，意思是不欺騙他人。為什麼我們要誠實？因為如果做錯事不去勇敢承認，而是選擇說謊欺騙，以後就不會有人再相信自己的話。而且紙包不住火，躲得過一時，躲不了永遠。就算以說謊掩飾錯誤遲早也會被發現，所以說謊的行為非常不可取。或許可以僥倖使自己免於責備，但也逃不過良心的制裁，而自己的信用也會破產，無法在社會上立足，實在得不償失。

我們做人要誠實，就像歷史故事中的孟信一樣。他沒有因為家裡沒有錢，就把那隻生病的老牛賣給買牛人，反而還跟買牛人承認那隻牛有病，還堅持不賣給買牛人。孟信就因為這個誠信的舉動而當上了太子少師、太子太傅。另一則故事是華盛頓砍倒櫻桃樹，華盛頓小時候在玩斧頭，剛好看到家裡院子裡有樹，他就一砍，樹就倒了。爸爸發現後生氣地問是誰砍的，華盛頓就勇敢地承認，爸爸不但沒有責備他，還說我寧願樹被砍，也不願意你變成會說謊的人。

如果只有嘴上說要誠實，沒有說到做到，也是沒用。從前周幽王有位寵愛的妃子叫褒姒，他整天繃著臉，幽王為了使她笑，用盡了各種辦法，還是沒用。有次出宮散心時，幽王看見烽火台，便想開玩笑，叫人點燃烽火台。各路諸侯看到後連忙趕來，卻見到幽王安然地坐在城門上拍手大笑，一旁的褒姒竟意外地大笑，幽王很開心，諸侯們見此情狀憤怒地散去。之後幽王為逗褒姒笑，又點了幾次烽火，可是諸侯來得一次比一次少。後來敵人真的來了，點了烽火台卻沒人來，過不久幽王就被殺了，西周就因此滅亡了。這個故事告訴我們，失去了誠信，是無法在人群中立足。當一個人沒有了誠信做為立身處世的依歸，也只是自取滅亡罷了。

由以上的例子，我們可以歸納出誠實的重要性，也體會到誠實是立身處世的依歸。說謊騙人不但沒有好處，還會導致身敗名裂，在與人相處上，若失去誠信，不但影響人際關係，還會讓自己說的話都不被信任，無法立足，影響甚鉅。我們正值建立良好品德的關鍵時期，建立誠信，培養良好品格是很重要的課題。所以我們要當誠實的乖寶寶，不要當放羊的孩子。

諸葛亮戰爭

何平

身為中華子民，我們常會聽見一句俗諺：「三個臭皮匠，勝過一個諸葛亮。」而西洋人也有句話：「Two heads are better than one.」不外乎都是告訴我們：團結力量大的道理。很有趣，在現今社會，似乎人人都是足智多謀的，一群人合作得倒也開心。不過，我們卻常會遺忘最重要的——尊重。

你可曾想過，倘若一群「諸葛亮」湊在了一起，有團結卻沒有尊重，那將會發生什麼事？臭皮匠們會不會依然被這些天才打得七葷八素？還是「諸葛亮」各不相讓，爭得面紅耳赤？接下來這件事是我的真實經歷，可是，那卻只剩下拼圖般一片片散落一地的不完整回憶。

不急，就聽我娓娓道來。

忘了是什麼時候，也忘了當時有誰在我身旁，只記得那時我們學校的運動會即將到來，準備賽跑的天天到操場練跑，準備加油喝采的也興致高昂地張羅大聲公和彩帶，總之，大家摩拳擦掌地期待起一年一度的運動會來了。

當時本班的「奪牌項目」就是趣味競賽，那可是所有同學的最高榮譽。這遊戲所謂的趣味，其實，就是每個人都能參與，眾人的齊心協力讓競賽精彩萬分。我們都曉得這一點，也懂得合作，卻不知道為什麼，一場諸葛亮戰爭開打了。

班上的體育人才濟濟，常被別班形容為「根本就是一支勁旅！」能統整全班的將軍也不是普通的小將，更別說是呼風喚雨、運籌帷幄提供全軍戰略的軍師了，每個人都是這麼的優秀，其他班級光是用看的就望而生畏，皮皮剉。但彷彿是上天故意給我們的挑戰，這樣的黃金組合，卻是爭戰的開端。

如同〈美國隊長三〉的情節，班上的強人們意見各有分歧。在我零星的記憶裡，有個男孩——就是我們班的體育股長，大聲的說：「大家聽我的！」當時，他站在自己的椅子上，手插腰，顯然很努力地想把全班注意力集中到他身上。但另一個長髮披肩，非常甜美可愛的女孩兒，也想表達自己的意見。好傢伙，「見色忘友」這話真不是講假的，班上男生們看到美人因為矮人一截而被打壓，一群人衝上去，把體育股長從小木椅上拉了下來。被哥兒們拉下寶座的男孩子還在叫痛，美人已接著站上椅子，侃侃而談。不一會兒，又輪到高頭大馬的將軍——某個體育神經異常發達的男生，自己擠上來指揮全軍了。

就這樣，那張椅子好像荊州，被天下豪傑們佔來佔去，每個人都有自己的想法，各講各的；每個人都不想打開耳朵，聽聽別人的心聲。台下的眾人，根本就不知何去何從，該聽誰的。因為一個個上台的同學，幾乎不肯和其他人共同合作，尊重別人，軍閥般的領導同學，互相爭執抱怨，可是其他等著帶領的蝦兵蟹將卻也亂成一團，一派無方針主義的景象。

接下來的幾個禮拜，我們趣味競賽的練習都毫無進展，只能看著別班同學鬥志十足地準備比賽。不明就裡的隔壁班老師，還以為我們早就準備好給他們來個迎頭痛擊，殊不知外強中乾，看似菁英的班級已成了無頭蒼蠅。

運動會那天，大家的心情忐忑不安，就像是預知了我們班的命運。當那宣告比賽開始的槍聲響起，也彷彿是宣判死刑一樣。沒辦法了，諸葛孔明的錦囊空了，不過餓死的駱駝比馬大，做做樣子也好，只好硬上罷！

想也知道，我們班那年的名次，差得難看，連老師的臉色也綠了。英雄內戰，傷的不只是身，是心！這完完全全就是一次鬧劇，一次由驕傲和不願尊重主導的鬧劇。諸葛亮們頓時成了一群匹夫。

有了一回慘痛的教訓，大伙兒學乖了，開始願意打開耳朵、打開心去傾聽別人的想法，和不同的伙伴合作，接納不一樣的意見。

尊重，成為我們之後勝利的第一步。

在記憶中，我保存著另一段清楚而明亮的回憶：第二年的捲土重來，我們同心協力地克服各自的障礙，用心聆聽其他人的想法。我最深刻的印象，莫過於全班一起替最後一棒打氣了，大家就如此度過一個愉快的運動會。看看最大的功臣，不就是尊重嗎？

假如一批能人志士齊聚一堂，共謀大事，團結力量大固然重要，但若沒有抱持Respect的精神，他們終究還是烏合之眾，管你鴻鵠之志也飛不了天。但如果每個人都願意凝聚各自想法的精華，並且樂意敬重和自己不一樣的看法，那我敢說，就是移山倒海這類事也不成問題啦！

遺憾的美好回憶

蕭佩茹

人們會因為一個場景、一張舊相片或一句話而想起學生時代的回憶，那回憶往往最動人心弦。

國小到國中的園遊會不外乎就是到處逛，但國二那年卻多了個讓我意想不到的節目──服裝秀。

童軍老師宣布每班要推派一支隊伍參加，我們班直呼不可能，說什麼也不願意參加，當時的我們覺得老師的想法太瘋狂，才國二的我們哪會做什麼服裝秀，還因此和老師鬧得不愉快，班導花了一整節課的時間和我們溝通，她說回憶是自己創造的，國中大部分的時間都拿來讀書，現在有機會讓我們表現，我們卻不屑一顧，她不希望我們回憶中的國中生涯是這麼的平淡，班導不斷鼓勵我們，後來我們還真的報名了。當時的我們缺乏勇氣，不願意跨出第一步。

在過程中我們跌跌撞撞的，從主題設定到表演呈現，因為舞蹈是雙人舞，所以在練習上非常不容易，服裝設計又讓我們費盡心思，午休、放學甚至假日，只要有時間我們都拿來討論，看著平常愛打鬧的男生認真參與的樣子，讓我有些驚訝，我們改了又改，忙碌地準備著，只為了服裝秀的到來。演出前一天，我們依舊留在學校做最後排練，我們聊著這些日子的點滴，居然有些不捨，因為服裝秀一結束，感覺一切就真的結束了，而我們的友情卻不知不覺地升溫。

要上台前我很緊張，手心在冒汗，不過站上舞台後，我卻不緊張了，我們將這幾天的努力完整地呈現，台下學弟妹、學長姐的尖叫聲不斷，我們在舞台上享受著屬於我們的掌聲，結束後我們開心地討論剛剛的表現，到了頒獎時刻，一個一個班級上台領獎，但卻沒有我們，心突然好難過，淚水也在眼眶打轉著，那種沮喪似乎不是在預料之內的事，我們該說什麼，那麼努力連個佳作都沒有，在彼此面前我們互相安慰，但是私下眼淚卻止不住，我們都太認真了嗎？或許我們在不知不覺中已經產生了感情，這早就不只是一場服裝秀了。

那場服裝秀是我國中生活最美的回憶，遺憾的我們沒能及時明白「結果不是重點而是過程」的道理，讓那回憶成了淚水，但也因為有淚水的參與才能顯得可貴。

合作真的是世上最感動的事，一群懵懂的孩子為了一個目標而努力，即使沒獲得勝利，至少在這過程中我們學會互相幫助，友情更加飽滿，用心去感受，那將會是最可貴的經驗。

謝謝，爸！

謝皓宇

幾年前，爸爸曾經是個月入十幾萬的總經理，但在我還年幼的時候也不知是什麼原因，爸爸離職了。那時的媽媽收入也不多，可想而知，金錢的缺乏帶來的是父母連日的爭吵，我和大兩歲的姊姊完全無能為力，媽媽每天晚上都以淚洗面，隔天卻又得強顏歡笑的到公司上班，我和姊總是在客廳的咆哮聲後，成為被爸爸遷怒的對象，那樣的日子是黑白的，家中的笑聲悄悄消失，取之而來的是玻璃器皿碎裂聲和在我心中持續不斷的恐懼與說不出的哀嚎。從那時起，我對爸爸產生了巨大的質疑，而這分質疑也使年幼的我常感到迷茫不知所措。

這樣的日子持續著，每當媽媽的哭聲響起，我的心就感到痛苦地撕扯，彷彿要窒息一般。最終爸媽選擇了離婚，但我心中的哀嚎竟轉變成了一片死寂，每天每天家中總是鴉雀無聲，只剩下爸爸忙著處理新工作的鍵盤聲。這個時候，正好是我在國小最調皮的年紀，每當在學校搞出了什麼「好事」，回到家免不了一頓責罵和痛打，那時，我對於爸爸只剩下了逃避和恐懼。

之後的幾年，我和爸爸根本沒有交流過心事。爸爸這個人工作態度比誰都認真、比誰都努力，因此也重新爬上了公司的高層，說真的，真希望他偶爾把工作上的心力投入在家庭中。到了我國一的時候，有一次，段考考得很差，考差了自己心裡也挺自責，一回到家爸爸又劈頭罵，我理智線斷了：「你根本沒注意過我為考試付出了多少努力，從來沒有考慮過我的感受，只顧著工作，只想著掙錢，如果這樣我根本不想要你做我爸！」我失控的大吼。片刻的沉默後，爸爸什麼都沒說，只是默默走回房間，之後，我心裡有些後悔把話說重了。過了一天，媽媽打電話過來，她說，爸爸其實很多次想跟我好好的談一談，也問過她很多關於如何和我溝通的方法，只是我總是在逃避和他對話，他不知道怎麼開口，媽媽還說，我每年的生日禮物裡面，也有許多爸爸託她送給我的。媽媽說，其實爸爸很關心我，只是不懂得表達他的感情而已。這個時候我才想起，我從來沒有向爸爸要求過什麼，因為這些東西總是不用我開口，爸爸都會想辦法給我，他死命的工作，也只是想讓我們的物質需求不虞匱乏而已。之後，我鼓起勇氣走進爸爸的房間，和他道了歉並說了很多我這些年來的感受。

近兩年，媽媽也回到家裡住了，我重新感到過去童年的溫暖，這次，我不再逃避了，至少在我還是學生時，和他們好好的相處，做些從前沒能做到的事。以後，我也想和爸爸一樣當個努力認真的人、當個為家庭著想的人，現在我會說，我很高興他是我的爸爸！

10月徵文主題
這些年我學會的事

二十秒的勇氣

陳宛妤

這些年，我遇上了許多事，有的是懊悔挫敗的淚水；有的是勝利時的欣喜若狂。而這一切，不論是好是壞，都源自於那短暫卻又充滿意義的——二十秒的勇氣。

「向前走」，這對許多人來說都是輕而易舉的事，能讓「心」也跟著邁開腳步，但不是人人都可以做到的。從前的我，心彷彿像是個跛腳人士，總是止步不前，任何的比賽和機會都不敢爭取，為了不受傷害而將自己陷於泥沼之中，選擇平淡無奇的生命，但是生命就如同《羊脂球》一書所說的：「生活不可能如你想像的那麼美好，但也不會像你想像的那麼糟。我覺得人的脆弱和堅強都超乎自己的想像。」就如這段話所說，雖然生活不能諸事順利，但也絕非那麼的糟，而我們更不應該像隻縮頭烏龜，一味的在平淡的生活中，羨慕著別人的好，畢竟，人的勇氣，總是令人大開眼界的。

在這些日子中，我學習到了勇氣。不論是讓心向前的勇氣，還是做自己的勇氣。勇氣，是一切的開始。在《愛：即使世界不斷讓你失望，也要相信愛》中提到：「有一天，或許你會發現，最感動的不是你完成了，而是你終於鼓起勇氣開始。」

若是從一開始便一直原地踏步，到最後剩下的便只有羨慕與懊悔罷了，千萬別像《如果這世界貓消失》中所提到的人——總是從自己選擇的人生看向自己沒有選擇的另一種人生，感到羨慕，感到後悔。我想，或許「勇氣」就是這世界的真諦吧！

再經過時間與親友的陪伴後，我終於也能夠將身軀突破這看似堅硬但不過是脆如薄紙般的卵殼，放開手腳，有勇氣的向前。《我們買了動物園》中的男主角曾說：「有時候，我們真的只需要二十秒的瘋狂勇氣，哪怕就算會出糗，事情的結果也一定會有所改變的。」我想，即便是只有那二十秒的勇氣也一定比什麼都不做要來得好，也比起像隻鴕鳥把頭埋進土裡等待死亡還來得好，不論結果是好是壞，唯有勇氣，才能讓人生開始運轉，唯有那二十秒的瘋狂勇氣，才能夠讓人生有所改變吧！

二十秒的瘋狂勇氣，聽起來有些滑稽、有些可笑，但是那卻是世界的真理。這短短的二十秒雖然在漫長的人生中僅占有一米粒大的地位，但是卻能讓生命澈底的改變！人生雖長，但是僅有一次，如同《我就要你好好的》一書所提到：「你的人生只有一次，所以你有義務活得精彩、活得充實。」這更讓我體會到人生的機會只有一次，因此我們更該如同那本書所說——大膽一點、多逼自己一把、別妥協。好好過日子，好好活著——我想這二十秒的瘋狂，不論是對你、對我、還是對這個世界都非同凡響，意義不凡吧！

如果喚不回曾經

羅心怡

在事情已經發生過後，我們有時會想：如果我當時怎麼做就好了、要是不走那條路的話就好了。可是我們又不是哆啦A夢，沒有時光機，不能挽救過去，所以現在說一百個如果，也喚不回在上一秒發生的「曾經」。

每次考完試跟別人對答案的時候，總是會看到粗心寫錯的題目，這時候我就會想著：如果當時我有想到就好了……。像這次的理化段考，我把一題正確的答案改成錯誤的，現在想到我還是覺得很懊惱，如果當時不改答案的話，我就可以考到八十五分了。國文段考也是，假如國字注音和注釋沒寫錯，我便能拿到高一點的分數，可是這些都已經過去了，再懊惱也不能挽回。

當我一個人的時候，有時會回想過去的種種，想著如果能放膽去做，能不害怕的話就好了，若能提起勇氣，也許可以讓自己不會後悔做過的事情，可是，這怎麼可能？

我曾經幻想過，假如我有預知未來的能力就好了，可以讓自己的親人不會無緣無故消失個兩、三年，可以讓每次考試的分數更完美，可以令許多許多的事往不同的軌道發展，最後還是會想，這怎麼可能？

於是我現在正漸漸改掉想著如果的習慣，不要再牽掛著過去，往未來看，忘掉那些令人感到懊惱氣憤、悲傷的事，記取其中的教訓，不要再犯，如護玄的《案簿錄4：拼圖》中所說的：「記得好的，比較不痛，記著那些事有何用，都已經過去了，向未來看吧！想著自己未來想做什麼、想過怎樣的人生、賺到錢的時候想如何運用……，不要再想著如果，因為如果喚不回曾經。」

我將來，一定要成為這樣的人。

把握當下

陳鈺玟

當我們年幼時，總是說：「我想要快點長大。」「時間怎麼總是過這麼慢！」但當我們長大時卻說：「我還不想長大，長越大越累！」「時間走太快了，真希望還能倒退！」雖然從小到大，比我們年長的大人早就說過了：「時間過得很快，要好好把握時間，多念點書，趁年輕時多做些想做的事！」但我們始終不明白，長大以後才了解這些話有多重要的意義，但對我們而言，似乎有點遲了！

小時候，我總是認為自己一定是對的，既任性又驕傲，是不討老師喜歡的、不服輸的驕傲。三、四年級嚴重到不只課業差，還淪落為被老師針對的頭痛人物之一。因為這個原因，所以那時的人緣是差到不行！但五、六年級後，受到朋友和家人影響，個性大轉變，課業也及時救回來，現在想想真後悔，後悔當時明明很簡單的作業居然可以搞得一蹋糊塗；後悔沒多吃點飯、多運動讓自己再長高些，白白錯過成長發育的黃金時期。

而有些人總是一直回憶以前沒完成的遺憾，或者幻想著度過美好的未來，卻沒有面對現實真正的樣子，像這樣後悔的抱著遺憾不前進，或一直等待虛幻的機會來臨，還不如把握當下。遺憾可以彌補，未來可以創造，但時間不會等人，現在不行動又更待何時？機會是由自己去創造的！

人活著總有自己想珍惜的事情和前進的目標，如果只有一味癡癡地等待自己認為存在的好時機，那又要等到何時才會發現，想珍惜的事物已經消失了，機會也走了？因為等待而不行動造成的損失遠比你想得多，現在就是個行動的好時機，坐而言不如起而行，相信付出行動後，一定會有個好的結果，對於自己的決定不要猶豫，勇敢地去做吧！不做雖然不會怎樣，但可能留下遺憾；做了也許會讓你的人生有不同的意義，所以，還是努力行動吧！

勇敢

謝依芸

從小，在父母、老師，以及同學們的百般呵護下，我安全無虞的長大，如同待在溫室裡的花朵。對！就是不堪一擊的花朵。我就在他們準備好的環境下成長，只懂得強迫自己適應環境，不懂得如何去打破那制式的框架，怎麼活出自己。就這麼一年一年過去了，這些不良影響漸漸讓我的心理產生出沒自信和自卑感，甚至認為自己什麼都做不到，也沒動力去做，還開始憂鬱地想：「我活著到底有什麼意義？」

歷經一連串挫折和打擊，以及家人的開導，我猛然發現：不能再這麼下去了！不能繼續逃避下去，連「做夢」的勇氣都沒有！人沒有夢，豈不是失去了活著的意義？於是我開始去尋找，讓自己變成這樣的原因：是缺乏自信以及勇氣。沒有自信，要怎麼挺起胸膛站在別人面前？沒有勇氣，要如何去追逐夢想？

所以我必須讓自己充滿正面思想！當我接到任務，想的不能是「我不行」，而是「我一定辦得到！」當被稱讚了，不是極力否定別人，而是虛心接受，並對自己說「你做得很好，下次要更好！」當遇到挫折，不能逃避，要勇敢面對！

不要想著自己活著有什麼意義，而是去尋找自己活下去的意義。現在，我不敢說自己變得很勇敢了，但至少，我已經不再逃避了。我會抱著這份決心，繼續向前走，讓自己「勇敢再勇敢」！

邁入管樂班

黃沛語

躍過了一場感傷的離別，正式揮別了無羈的小學生涯，我帶著懵懂又惶恐的心情迎接國中的來臨。國中是另一個學習的開始，嚴酷的考驗以及升學的壓力在進入管樂班後慢慢展開。

自從進入管樂班，接觸音樂後，我開始覺得時間很奢求，每天上完八堂課後已精疲力盡，回家還要練主修樂器，及音樂相關的樂理常識，接著還要完成繁多的課業及準備隔日的考試。戰戰兢兢的心情不言而喻，唯有身在其中才會感受到。老師常常勉勵我們，以積極的學習態度正面迎戰，不要怕壓力。就算是不起眼的毛毛蟲，也要經歷蛹的掙扎，才能蛻變成美麗的蝴蝶。

當初會選擇管樂班，只是單純的希望能有個快樂的國中生活，因為每天在學校能有音樂相伴，會延續我對音樂的熱愛和興趣。練琴對我來說是紓解壓力最棒的方式。我相信對音樂的熱情會永遠不減，雖然音樂的路上要付出的代價很大，要犧牲的時間也很多，也不一定撐到最後會有很甜美的果實，但是我覺得在過程中我能享受其中就是最好的回報了。

未來三年，我希望能繼續保有對音樂的高度熱情，並且累積更多音樂素養，在學校老師專業的指導下能培養出對音樂鑑賞的能力，甚至具有創作的能力，我知道接下來的路會很累很辛苦，中間當然也會有低潮和挫折，但是未經一番寒徹骨，焉得梅花撲鼻香，我對自己有信心。有朝一日，我們一定會站在台上為自己努力的成果感動而驕傲，留下美麗的喝采。

11月徵文作品
我的美味關係

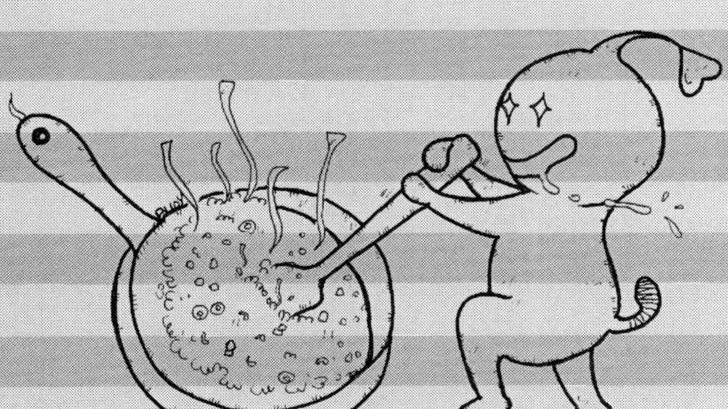

未熟的番薯

宋文郁

那是三、四年前的夏天。癌症的後遺症、洗腎的痛苦、輕微的阿茲海默症出現，外婆的身體已經不堪負荷。我看見她的時刻，她總是虛弱地躺在床上。即使難得下了床，也是搖搖晃晃地踏出艱辛的步伐。大家說的「風中殘燭」就是這個意思吧！

其實，更早以前，外婆不是這樣的。她總是用開朗的笑臉照亮身邊的人。每年除夕夜，外婆會親自下廚，為我們煮上一桌好菜。我們全家會圍在餐桌前，期待外婆端上一道道美味的菜餚。然而隨著時間過去，外婆的身體日漸虛弱，下廚的次數也越來越少，到後來幾乎沒有再煮過菜了。

直到那年夏天，那天半夜，大家正在熟睡，突然被廚房傳來的巨響嚇醒。開燈一看，才發現外婆不見了。大家怕外婆發生意外，急忙跑到廚房。外婆看見嚇得滿身是汗的我們，朝我們一笑。

「我在煮番薯，你們先坐著等一下，馬上就好了喔！」

阿姨走上前，想把外婆拉回房間。「媽……已經很晚了，妳別鬧了好不好。」

外婆揮開阿姨的手，不滿的噘起嘴。「我哪有鬧，我要煮飯給你們吃啊！」

儘管大家不停勸說，外婆始終堅持要煮完再去睡，大家也只好無奈的在餐桌前坐下，等外婆煮完她的番薯。說來好笑，那日時值夏天，我們全家卻像過年似的在餐桌前坐了一圈，彷彿除夕夜圍爐似的。

帶著睡意，我癱坐在椅子上，看著外婆的背影。外婆那頭捲髮已經變得雪白，身軀也顯現瘦弱而嬌小。像這樣看著外婆煮菜，好像已經是很久很久以前的事情了。

「好了，你們快點吃吃看。」外婆把番薯從電鍋裡拿出來，遞給我們。

我咬了一小口。雖然外面熱騰騰的，但裡面還是冰的，根本沒煮熟。

「好吃嗎？」外婆期待地看著我。

我勉強的點點頭。「嗯……」

外婆開心地笑了。「好吃就好，好吃就好。」

其實大家的番薯都沒有煮熟吧！但是為了不要讓外婆難過，每個人都努力吃完了。當時我還不知道，那是外婆最後一次做菜了。在那之後，外婆的病情急轉直下，不到一年就去世了。

除了那晚的番薯之外，外婆做的菜都很好吃。但是我記憶最深刻的，卻是那鍋未熟的番薯。不，或許我懷念的不是那鍋番薯，而是外婆煮菜的背影，還有那滿足的笑容。

我的美味地圖

張紋瑄

我們家有一張地圖，收藏在媽媽的腦海中，那是一張由食譜所組成的祕笈，循著這張地圖，可以找尋到各式各樣的美味。

媽媽做的菜營養又好吃，幾乎每天的菜色都不同，除了三餐之外，還有優級寶藏——甜點，自製餅干、棉花糖、巧克力……，沒有一樣是對人體有傷害的化學添加物，每天不同的菜色也成為令我期待的禮物之一。

在這張地圖裡，我被賦予了一項重要的工作，就是在主廚身旁的小幫手。有我這個幫手在，不僅失敗率降低，也減少了不少做東西的時間，使作品更快出爐。這份美味是包含媽媽的愛和母女團結一心的成果，吃起來會有一種甜如蜂蜜的幸福感，在心中漾起。這就是地圖中最終的寶藏——幸福的甜點。這張地圖每天都在變換，在美味地圖的幫助下，每天甜點、菜色都不一樣，所以也不會吃膩。這張地圖到了一定的年紀就會逐漸的消失，而傳到下一代人的手裡，這真是無價之寶啊！

現在的我也要開始學做菜、做點心了。在成長的一路上，都是媽媽煮給我吃，這是愛的表現。現在，我都會抽出空閒來幫媽媽做東西，也學到了不少的知識。將來，我一定會把媽媽這個職位做好，給兒子、女兒們做個好榜樣，將我和母親繪製的美味地圖一代一代地傳承下去！

我的美味地圖

楊鑫

我們家的爸爸根本就是廚神級的人物，每一道菜都可以讓人一看就垂涎三尺。每天一回家就跑到餐桌前探頭探腦，只要看到豐盛的菜餚，就會想起那一張張充滿回憶的美味拼圖。一道菜就是一片拼圖，拚成了就是一張美味地圖。

爸爸最喜歡煮糖醋魚給我們吃，這道菜做起來並不簡單，甚至有點繁瑣。每一次，爸爸都會用心地料理這道菜。看著他做著這道菜，把醬料調好，把魚炸好，加上洋蔥、香菜，每一個動作，每一個步驟都是他滿滿的愛。看著他做了一次又一次，一回又一回，我在心裡默默地記下這張地圖中的每一片美味拼圖。

冬天是專屬於草莓的季節，十二月去採草莓，月底除夕夜，全家圍爐一起吃飯。爸爸在旁邊默默地煮著草莓醬，說是為了讓我們的草莓可以放得更久。我們倆坐在客廳，我弄草莓蒂，他來攪拌。好香、好甜、好安靜。手工的草莓醬要做很久，要加糖，要調味道。他不能嚐，只能叫我幫忙吃吃看。看著那一鍋迷人的紅色，心裡有好多好多片拼圖又被我一片片的拼上去了。我嚐了一口，笑著和爸爸說：「爸爸！很好吃喔！」他笑了，可惜的是，他並沒有親自嘗到那種酸酸甜甜的滋味。

而今，當我走進餐廳，跟著主廚推薦，吃了一道又一道的佳餚，卻找不到那種記憶裡的味道。或許是要我自己用心做一遍。跟著心中和爸爸繪製出的拼圖，走一趟屬於自己的美味地圖，深藏在我心裡。

此時，我決定要循著我的美味地圖，用我的雙手做出那份美味，用心完成我最愛的草莓醬，那是與父親連結的美味地圖！

我的美味夥伴

蔡家棟

「吃晚餐囉！」媽媽頂著滿頭大汗地從廚房出來，頓時香氣四溢，哇！原來是火鍋呀！我和弟弟七手八腳、手忙腳亂的把黑晶爐、碗公和湯匙拿了出來，準備大快朵頤一番囉！

講到火鍋，怎麼可以沒有主角——涮牛肉呢？等湯滾了之後，媽媽熟練地幫牛肉「洗澎澎」，洗得香噴噴的，令人垂涎三尺呢！燕餃、魚餃、水晶餃也不遑多讓，撲通撲通跳下水，玩得不亦樂乎！還有許多好料，像白白方方的豆腐、烏黑的米血、富有嚼勁的豆皮，對了！對了！還有我的最愛——貢丸！Q彈的口感，令人食指大動！琳瑯滿目的火鍋料，講三天三夜也說不完啦！不說了，趕快來填飽肚子吧！

「好燙！好燙！」貪心的弟弟吃得太急，吃得滿臉通紅，活像個「紅龜粿」！嗯——媽媽的廚藝真不是蓋的，讓我這張挑三揀四的嘴吃得津津有味、齒頰留香呢！最後媽媽加了幾顆蛋，和一顆圓滾滾的高麗菜，再放進幾塊麵，一道色香味俱全的美食就上桌了！美味的湯頭，滋味真是令人沒話說！讓大家全身都暖和，我和弟弟立刻如虎入羊群一般，拼命的把料往碗裡夾，生怕慢了就吃不到令人難以忘懷的佳餚了！人生至此，夫復何求！

吃完飯當然少不了點心囉！我和弟弟興高采烈地從冰箱拿出了全家的最愛——黑森林蛋糕！外層抹了香甜可口的巧克力，上面放了一顆顆紅通通的草莓，配上畫龍點睛的奶油，看起來就讓人垂涎欲滴了呢！弟弟用靈巧的雙手將蛋糕切成八等份，分給大家。我迫不及待地張大了嘴，嗯！幸福的滋味洋溢在心裡面！得細細品味才吃得出來。

大快朵頤後，最大的問題就是——誰來洗碗？我和弟弟推三阻四，互相「謙讓」，「弟弟啊！你一向比我能幹，所以這次就交給你囉！」「不不不，你太謙虛了，你比我勤快多了呢！」在吵鬧聲中，快樂的晚餐時間漸漸結束。

我的美味關係

陳可容

什麼是美味？肚子餓時，吃什麼都是美味；什麼是美味？對我來說是美味的，但對其他人來說，可能是「哈味（腐臭味）」。什麼是美味？有人覺得山珍海味才是美味，有人覺得粗茶淡飯也是美味，但對我來說，美味還要加上「關係」，才是真正的美味。

我認為影響美味的關鍵，有地點、氛圍、情緒及人與人之間的關係。例如：在外公親手打造的空中花園裡吃的柚子，清爽可口；但打包後窩在家裡吃的柚子，反而就跟一般的柚子沒什麼兩樣。在夜市買的烤肉，總是沒有中秋節大家團聚在一起，在歡笑中烤的肉美味。情緒低落時，吃的糖果就是沒有心情愉悅時來得甜。在外面早餐店吃的厚片，儘管口味相同、配料相同，就是沒有外公帶著笑容做出來的厚片美味。這些就是各種因素對食物的美味程度所帶來的影響。

在我的人生中有一個令我久久不忘的味道。還記得在我很小的時候，外婆經常泡一種很像米精的東西給我喝，我記得很清楚，外婆都會拿白色馬克杯及長長的湯匙泡，我不知道它的名稱，我只知道它很濃稠、很香，但喝起來真的是人間美味、唇齒留香啊！可是現在不管我怎麼形容它，就是沒有任何人知道我在說什麼，如果能再嘗到那個令我念念不忘的味道，那該有多好！

把食物加了很多調味料，不一定就是最美味的。對我來說，最重要的調味料是「愛」。同樣的食物，加入了滿滿的愛來烹調，食物就會變得更加美味。我想我懷念的不是食物本身，而是外公外婆與小時候的我之間的祖孫之情，現在的我雖然長大了，很幸福的是我還可以經常嚐到外公外婆準備的美味佳餚，我一定會好好珍惜這些味道。我的美味關係——就是外公外婆用愛做出來食物。

我的美味關係

劉立安

小時候，為了方便，爸媽總是前一晚買好麵包，讓我們隔天當早餐，可是常常吃、天天吃，使得我看到麵包就害怕，幾乎是早上帶去學校的麵包，到了放學回家時，還是完整的一個，所以那時天天被爸爸唸，真的好討厭吃麵包。

幾年前，媽媽的好友買了一台麵包機，她看了覺得很心動，因為食安風暴一直暴發出危機，媽媽覺得與其一直吃外面不健康的麵包，不如自己動手做，不但成份來源可以掌握，衛生條件也看得見，所以趁爸爸去日本出差時，抱回了一台麵包機。其實一開始我是很反對的，因為一想到天天都要吃麵包，就覺得好悲慘，而且媽媽剛開始只會用麵包機一鍵到底的方式做吐司，真的好難吃啊！而且又一成不變，吃了幾天的麵包機吐司，已感覺到好膩啊！

聽了我們的反應，媽媽開始思考如何做變化，她買了許多烘焙食譜書、上網加入烘焙社團，搜集各方食譜等，而且不斷的在家苦練，從揉麵團、整型、發酵、烘烤時間的拿捏，在在都是學問，媽媽每天都做麵包到半夜，反覆不斷的練習，而我就在旁邊幫些小忙，過篩麵粉、打打蛋、秤秤食材重量、揉揉麵團等，跟在媽媽身旁轉來轉去。漸漸地，媽媽做的麵包有了顯著的進步，從吐司、麵包做到甜點、餅乾、蛋糕，而蛋糕是我最有興趣的品項了，還記得我們初次做蛋糕的時候，用到了一台古董攪拌器，居然花了足足一個多小時才打發蛋白。還有一次，媽媽在旁邊教我，讓我獨立完成了餅乾的製作，吃到自己一人完成的餅乾，真的好有成就感啊！這些都是我永難忘懷的回憶。媽媽常說：「自己動手做烘焙，不但沒加人工香料及化學添加劑，還可以把喜歡的食材大把大把地加，吃起來真是健康又滿足！」上學時與同學小小分享，聽到同學們的讚美時，真是以媽媽為傲啊！

放學一回到家，可以聞到剛出爐的陣陣麵包香，覺得真是最幸福的一件事了，撕開酥脆的外皮，咬下軟Q的麵包，真的好滿足喔！媽媽親手做的麵包就是與坊間賣的不同，我想因為裡面充滿媽媽對我們的愛吧！

我與我的美味回憶

羅心怡

在我小學的時候，每到過年時，爸爸會帶全家回到南投的老家，跟親戚一起過年。

搭火車到南投的時候，爸爸會買一個長條狀的餅乾，我不知道那叫什麼，但我記得它一面是鮮豔的粉紅色，另一面是橘色，中間夾著白色甜甜的東西，它吃起來的口感有點像用手用力壓保麗龍的感覺，很難咬，但甜滋滋的，很好吃。

到達老家後，就是大人的時間了，他們拿出許許多多的食材，準備大顯身手，他們做很多古早味的美食，像是發糕、紅龜粿等。等發糕蒸好時，爸爸會先拿給我們吃。剛蒸好的發糕散發著甜甜的味道，要吃的時候要用筷子，因為很燙，剛入口覺得黏黏的，放涼之後就會變得比較乾，可以直接用手拿來吃，可是我覺得，剛蒸好的時候最好吃了。

接下來就是吃年夜飯的時間啦！大家把大圓桌搬到客廳，將菜放至圓桌，每一道菜都散發著熱騰騰的白霧。洗手的洗手，拿碗筷的拿碗筷，搬椅子的搬椅子，大家都想趕緊吃到這頓讓人垂涎三尺的飯。把所有人的飯裝好之後，大家就開動了，我最愛吃的就是長年菜，啃著長長的長年菜，就能吃掉一碗飯了！還有一堆不知道名字的菜，但年代久遠，忘得差不多了，可我還記得，那一次的飯，感覺很溫暖。

那一次回老家，是最後一次，之後都不曾回去過，但是我最喜歡那時候了，因為那可是全家人感情最好的時候，它也是我一輩子都無法取代的，最美味的回憶，值得我細細品嘗，一再地回味。

家人私房菜——愛的滋味

王茌榆

我喜歡吃阿嬤所種的菜，其中我最愛的就是豆子。阿嬤種了好多品種，有扁豆、豌豆、皇帝豆等等，而不同品種的豆子就有不同的樣貌和口感，讓我來介紹一下吧！

首先介紹扁豆，它跟豌豆的長相很相似，都是像春天綠嫩的樹葉一樣翠綠，連吃起來的口感都是脆、甜，只要清炒一下就很好吃了，好吃到你只要吃一口就會有種在人間仙境的感覺！至於碗豆嘛……就是平常我們煮炒飯的豆子，不過我不喜歡吃那種的……因為吃起來比較乾！皇帝豆大家應該比較陌生吧？我們家會把它加到湯裡面，它是把豆莢去掉把裡面的豆仁拿出來吃，它比碗豆還大顆許多，而且煮湯超適合的，這些豆子包含了阿嬤的愛和辛苦的汗水！

另一道私房菜就是用阿公養的雞所煮出來的雞湯，這些雞都是阿公養了數個月後到雞肉肥嫩時殺的。每次我回阿公家，阿嬤就會拿她一早殺好的雞給我們，回家後經由爸爸的巧手製作成了美味的雞湯，裡面的雞肉被煮到入口即化，再加上熱呼呼的湯，一喝下去，臉上就會有種滿足的表情，而且裡面含了許多精華，肯定是大補品，雞湯裡有阿公的心血，再加上很多很多的愛！這幾天我吃了香菇瓜仔雞湯，喝完後整個力量都來了！

其實我覺得每道菜都好吃，因為每道菜都蘊含著家人的關愛，吃在嘴裡，暖在心頭，成為記憶中最難忘的滋味！家人的私房菜，蘊藏著家人的愛，這也是人間最美好的滋味！

家人的私房菜

周柏丞

在我人生中嘗過最有特色的菜大概就是我父親的私房菜了，總能在我度過疲倦的一天後給我一些慰藉。味道雖然不能跟高級美食相比，但絕對是頂級的心靈糧食。除了凝聚了家中的氣氛外，也為家中增添幾分溫馨，味道也極具代表性。那種鹹而不膩、輕而不俗，總能讓我馬上察覺是爸爸煮的，也讓我激起對家中的情懷與對親人無比的感激。

以前我最喜愛爸爸煮的蚵仔，各個肥滿多汁，還白皙透亮，再加上爸爸獨特的料理法，不禁讓我想把它們一個個吞下。而且母親在我吃之前都會把殼剝掉，真的讓我感覺到無比的關愛之情。還有每到冬天時爸爸都會買食材煮一鍋薑母鴨，讓我們在冬天時還能有些許溫暖，也進一步凝聚我們家的感情，讓我在冬天倍感溫暖。

但有些菜自從爸爸年紀大了，他就比較少煮了，雖然有時會感到不捨。但體恤父親老了，體力比較不足了，還要在高溫油煙下煮飯，所以希望他能挪多一點時間休息，顧一下自己的身體才是，至少他身體健康對我而言是最重要的心願了。

每一道料理不僅是外在的味覺感受，也能連結到人的內在情感。我平常都沒想過一件事物對內心帶來的感受，我只會想事物外顯現的。直到最近甚至現在，我才體悟以有情的角度觀察事物，會有一個不一樣的感受。

最難忘的滋味

陳妤瑄

每年，我最期待的節日就是端午節，不僅有好看的划龍舟比賽，更有我們全家都愛的傳統小吃、保證美味的——外婆粽子。

我最喜歡看外婆包粽子的過程，光洗米，然後加醬油、肉絲、香菇等佐料一起燜煮，等到米入味後，外婆就拿繩子、竹葉，用專注的神情開始將米包進竹葉中，繩子繞一繞，打個活結，就這樣，一個又一個的掛起來，所有的米都包完後，放進一個裝水的大鍋架在爐灶上，開始升火、加柴，小心地控制火候，頂著大太陽三、四個小時，才能完成一個個色香味俱全的粽子。

香味一陣陣的飄來，我迫不及待地打開一個，哇！看那米粒一個個圓潤飽滿，閃動著晶瑩的光澤，一口咬下，入口即化，先是醬油的味道，然後是竹葉的清香，彷彿能洗滌心靈的清香，直接地傳達外婆那不善於說出口，卻包含了對我們無限的關懷、呵護的心，讓人吃了以後，不僅填飽肚子，也暖和了心。

現在，我們沒有和外婆住在一起，但外婆仍然會在端午節寄粽子給我們，一解我們的思念，吃著滿載思念的「愛的粽子」就像外婆在身邊一樣。

最難忘的滋味

古亦修

一陣冰涼的奶香味，每次我吃到這種甜味，就會想起國小六年級的畢業旅行！在畢旅的第一天，天氣超級熱，氣溫至少三十度以上，我們全六級的學生都在味全埔心牧場參觀，雖然那邊有好多樹，但還是擋不住艷陽的照射。

乘著遊園小火車，我們到了乳牛區，我看到了好多好多的乳牛正在吃著牧草，準備生產最新鮮的牛奶。這些牛奶拿去加工，能製造美味的牛奶、冰淇淋等產品。這時，能吃一口香濃的冰淇淋，應該是最棒的享受吧！如我所願，我們老師自掏腰包，買了二十杯牛奶冰淇淋請我們全班同學吃。細細品味，香甜的味道充滿了整個口腔，綿密的口感征服了我的味蕾，臉上充滿了既開心又滿足的表情，高興和喜悅無需以言語表達出來。

六年級的時光，點點滴滴浮現在腦海，不管是快樂還是悲傷，種種的心情，幸福的這一刻，永遠難忘。這美味的牛奶冰淇淋真的很好吃！

濃烈的奶香味——冰淇淋，吃下了它，總會讓我回憶起那三天兩夜的畢業旅行；那幸福飽滿的滋味，讓我永生難忘！那冰涼的口感，和濃濃的奶香味，真的讓我覺得很美味。經過那次的畢旅，讓我品嘗到牛奶冰淇淋，就會讓我常常想起那次的畢旅，這就是我從以前到現在最難忘的滋味。

最難忘的滋味

陳幸真

陽光橙白色的映照在木質地板上，木頭椅上坐著的是我、爸爸、媽媽和姐姐，正吃著熱呼呼、暖和和的地瓜。蜂蜜色的地瓜蜜融合著香甜的地瓜，絮在嘴裡綿密的口感，堪稱人生一大享受。如此景象，只有在回台東時，蒞臨楊記地瓜酥方能見到。

地瓜，之於年長一輩的人，就像貧窮的標記，是揮不去、趕不走的陰影。但地瓜之於我來說，卻是如獲至寶的一種食物。地瓜與我，有著一段特別的故事。

每次回去台東阿嬤家時，我總會和家人挑其中一天的下午去吃那家香甜綿軟、金黃得令人垂涎三尺的地瓜。咬一口下去，啊！那真是人間美味。尤其是咬下地瓜蜜的那瞬間，甜蜜的滋味滿溢齒頰，還有股陽光裡那種礦物質特有的味道，令人心曠神怡的味兒，當真是美味。

只是，回到車水馬龍、水泥叢林的都市，那股來自陽光，地瓜裡的暖味兒，隨著逐漸北上而緩緩消失。哎！我曾和母親一同去夜市買晚餐，看見一攤賣地瓜的，一時興起，便買了一顆來吃。一口咬下，令我失望。陽光和蜜竟無半點曾經存在的跡象，只是由交易構成的商人的味道。令我強烈懷念起，那由陽光和人情味交織的、溫暖的味道。也想起我和家人那悠閒、舒適，如地瓜般甜蜜的午後。不知何時能再嚐到一顆甜如蜜糖、暖若朝陽的地瓜。

最難忘懷的味道

邱品慈

從小到大最愛吃的料理就是炒飯了，粒粒分明的米，加上香氣四溢的醬油和配料，令人食指大動，這不是出自於五星級大廚之手，更不是出自於什麼料理達人，而是來自於我們家的大廚——媽媽。

每當我小時候喊肚子餓，媽媽就會做她最拿手的炒飯，年幼的我總是興奮地站在旁邊，看著米飯如舞者一般在鍋裡跳躍，從雪白變成金黃，最後倒入蔥和蛋一起拌炒，香噴噴的炒飯就完成了，我也顧不得什麼形象，拿起湯匙就是大口狂吃就對了，彈牙的米粒和醬油的香氣吸引著我一口接一口地吃，不知不覺就吃完了，我還會有點惋惜地看這早已空無一物的盤子，現在想起來也真令人發笑。

隨著年紀越來越大，吃到炒飯的頻率也越來越少，取而代之的是其他外來的食物，縱然可以很美味沒有錯，但無論怎麼吃，感覺跟炒飯比起來就是少了一點什麼，卻又說不出來，這問題一直煩惱我很久，直到有一次，媽媽又做了炒飯給我吃，我也不知道哪根筋不對，又跟小時候一樣站在旁邊看，看著看著，我才發現，媽媽的表情始終是專注的，眼裡閃爍著堅定又溫柔的神情，再加上每次看到我吃得津津有味，她都笑得好開心，我這才恍然大悟，別人做的菜缺少的，正是母親為家人做菜時，所灌注的滿滿的愛意啊！想通了這件事以後，每次吃到媽媽做的炒飯，內心總會感到無比的幸福。

我從知道答案的那一刻起，就下了一個決定，要向媽媽學習這道炒飯的作法，等我長大，成了家，也要做這道菜給我的孩子吃，要跟媽媽一樣，對這道菜灌注世上最偉大的母愛，讓我的孩子在吃的時候也能和以前的我一樣，讓這道食物成為他們心中最難忘的滋味。

暖鹹

蕭佩茹

有些人會一直放在心中，有些事會一直記著，而有些味道會永遠忘不了。

我小時候身體不好，經常看醫生，每次發燒，媽媽總會煮稀飯給我，生病時沒什麼胃口，連味覺也變得奇怪，吃什麼都沒感覺，但是不知道為甚麼只有嗎媽煮的稀飯會讓我有食慾，沒有什麼特別的調味，只用白飯加鹽巴煮成，卻深得我心，鹹鹹的稀飯吃起來很特別，稀飯不會煮得很稀，是那種綿密的感覺，吃起來淡淡的鹹味，給人一種緩慢的步調，慢慢的，悠閒的，令人放鬆的感覺，有一種特別為我而製的感覺，讓人充滿力量，但其實它真的很平凡，沒有其他調料和配料，只有平凡到不行的鹽巴相佐，似乎才是它最真的味道。

就算沒生病，我也還是會吵著媽媽做鹹稀飯給我吃。有次媽媽不在，我突然想吃，於是就心血來潮想自己試試看，但是不知道是鹽巴放得不夠還是飯煮得不夠綿密，吃起來就是很奇怪，後來我還再試了幾次，但就是煮不出那種味道，我想這不是鹽巴的比例，也不是水和飯的問題，而是煮的人是誰。

媽媽總是給孩子最好的，無論是什麼，當孩子生病，媽媽總是最擔心的，所以媽媽為孩子所付出的，總是無可取代的。我想媽媽煮的鹹稀飯沒有什麼秘訣，重點還是懷抱著關愛之情、希望孩子平安無事的心情。

當你心裡想著一個人，而真心為了他做的料理，哪怕只有鹽巴調味，都能讓人感覺得到，而那味道會存留在吃的人心裡，或許時間久了會忘記當初吃到料理時真正的味道，但記得的是有那麼一種味道能讓我感到無比的幸福，直到長大後我還是會想起那鹹稀飯的味道，每次總會讓我感到非常溫暖。

12月徵文主題
我有一個夢

我有一個夢

蔡家棟

俗話說：「人生有夢，築夢踏實。」我最大的夢想，便是成為一個無人不知，無人不曉的薩克斯風演奏家，可以風風光光的站在台上，吹出令人心曠神怡的樂曲。每每看到、聽到帥氣、優雅的薩克斯風演奏家的表演，都令我心嚮往之！

自從小學三年級，媽媽鼓勵我參加了管樂團後，我便選擇了薩克斯風作為我的主修樂器，因為我一聽到它那渾厚嘹亮的音色後，就深深的為之著迷。剛開始因為我正在換牙，門牙少了一顆，但吹奏樂器需要兩顆門牙頂住吹嘴才行，幸好老師之前也有這種經驗，細心指導下，所以我還是很順利地吹出第一個音——「ㄉㄡ——」，老師還說我吹的音色十分完美呢！唉呀！第一次的處女秀，真叫我如癡如醉、欣喜若狂呀！上了兩三堂課，老師終於讓我們把吹嘴裝上樂器囉！打好基礎十分重要，嘴型如果錯了，就算技術再好也沒有用，因為吹出來的音都荒腔走板、五音不全！不管吹什麼樂器，都不可操之過急，一定要按部就班、循序漸進，不然一個小細節沒注意到，以前的努力便付諸流水、前功盡棄；更何況一個錯誤根深柢固了，一輩子禍害無窮呀！

有一天，指揮老師既興奮又緊張地跟大家說：「同學們，下禮拜五就是一年一度的管樂比賽了，最近大家一定要緊鑼密鼓的練習吹奏技巧，為學校爭取最高榮譽……」「養兵千日，用在一時！」我們終於要上「戰場」了，心中的興奮和忐忑，真是無以言喻呀！那天我特別認真地上課，深怕大家的冠軍夢毀於我的「嘴」裡。

到了比賽當天，我的心臟差一點從嘴巴裡蹦出來，大家的表情都非常「撲克」，跟平常吵吵鬧鬧、嘻嘻哈哈的氣氛完全不一樣。上台之後，指揮偷偷地告訴我們說：「別緊張，一緊張會越吹越快，會被扣分的！」「巴啦－啦－巴－」頓時優美的旋律此起彼落，吹得比平常悅耳動聽多了！下台後指揮說大家的技術突飛猛進，我聽得喜上眉梢、樂不可支，高興得合不攏嘴呢！

回到學校時，大家忙著把樂器搬回教室，按捺不住心中的問號，問老師我們的成績到底如何？老師眉開眼笑的說：「九十點七五分，不僅拿了特優第一名，還取得了全國賽的門票呢！」哇！這麼天大的好消息，老師還真能憋呀！大家聽了都手舞足蹈、樂不可支呢！頓時歡呼聲震得教室像七級大地震……

經過這次的比賽，我的膽量和技術更加進步了，我又往夢想更靠近了一些。我深深的相信，只要我努力不懈、鍥而不捨的練習，一定能完成我夢寐以求的夢想，成為一位散播美妙樂章的薩克斯風演奏家。我會好好加油的！謝謝啟蒙老師的傾囊相授，也請大家拭目以待！

我的夢想

陳可容

什麼是夢？夢是一顆種在我們內心的種子，在心中慢慢的萌芽；什麼是夢？夢是一種堅持的信念，一種殷切的盼望；什麼是夢？夢如同天際中的星星，在每個人的心中獨特地閃耀著。

在我還是個幼稚園的小孩時，老師叫大家發表自己的夢，每個同學不是當醫師、當警察、當老師、就是當科學家，唯有我與眾不同，我的夢就是可以當個「賣棉被」的商人。我這個特別的夢想，立即引來了哄堂大笑，我不知道大家為什麼要笑，不知所措的我，只好也跟著笑了笑。我問媽媽：「為什麼大家要笑我？他們是不是在嘲笑我？」媽媽笑著回我說：「當然不是在嘲笑妳，是覺得妳很可愛啦！」原來如此，媽媽的回答讓我鬆了一口氣。那我為什麼會有這個「賣棉被」的夢想呢？是因為我可以在棉被上發揮自己的想像力，設計出各種不同的圖案及樣式，還可以帶給人溫暖呢！

在我小學三、四年級時，我的夢是可以當個妙手丹青的「畫家」，所以我經常拿著心愛的色鉛筆，窩在客廳畫圖，我也常在下課時，跟同學分享自己的畫作。很多人看了我的作品，都說畫得栩栩如生啊！我不但可以在畫畫時把情緒抒發到紙上，也能藉由畫圖把煩惱拋到腦後，而且畫完一張完整的圖，也會覺得很有成就感，經過長時間的練習後，畫什麼都能揮灑自如了。而在我五、六年級時，我的夢是可以當一位專業的「電腦工程師」，因為我當時非常喜歡研究電腦、手機、或是一些電子產品。只要一遇到問題，我就會不斷摸索、上網查答案，不解決問題，絕不輕易的放棄，就算旁邊的人勸我放棄，也不會停止我找出解答的動作，儘管找到答案後已經花了很多時間，我還是很享受在找出解答後的那份喜悅。

我們的夢，是會隨著時間、年齡、甚至是意外而改變，而正值豆蔻之年的我，還不知道以後該做什麼，我想我的夢還正等著我去發掘吧！我想如果人生沒有了夢，也就等於沒了目標，那人生也會變得枯燥乏味；但如果什麼都想要的話，最後也可能一事無成，所以我們要適當的追求自己的夢，且一直勇往直前，遇到挫折也要不放棄，堅持下去，想要成功，持之以恆是最重要的呢！

我有一個夢

孫采穎

我的夢想是當一位影片創作者，拍出好看的影片和創造有趣的主題，讓觀看者能喜歡我拍攝的作品，得到更高的知名度。

有人說影片創作者可以賺很多錢，賺錢是其次，最主要還是因為興趣。當初自己也是看了創作者的影片，覺得新鮮、很酷很好玩的樣子，看著看著，自己也想嘗試看看。拍了以後，也十分在意訂閱數，因為訂閱率高就有更多人去關注你，才會有部分收入，前提是必須要很多人來看，才能賺到錢。我本身拍片不是很在意金錢，而是在意影片的品質。

當然一開始拍片一定是不順遂的，所以我選擇學習更多編輯影片的技巧。只能說熟能生巧，不斷練習要求上進，就可以有很大的收穫。同時也可以參考許多創作者的影片，從他們身上學到一些自己不會的事，聽他們傾訴自己的生活、介紹自己的一整天、記錄自己的日常、玩遊戲發洩、吃好吃的食物或者是開箱今天買的東西。用影片來跟大家分享自己的每分每秒，是一件很棒的事情。像是從他們身上除了學到拍攝的技巧、更有效果的後製剪接以外，也可以從一些影片學到道理，尤其有部影片讓我印象深刻，有段台詞是：「如果你今天想堅持自己的理想或夢想的時候，當你遇到挫折還會繼續堅持下去嗎？」聽到這句時，十分有感觸，因為一開始拍片就會想要放棄，認為自己不夠好、沒比別人優秀，但往各方面想想，或許是我自己不夠努力、不夠用心，或者是因為其他因素，讓自己會想要放棄。之後開始學習其他創作者的方式，找到讓觀眾喜歡的風格，現在也開始漸漸想要堅持完成自己的夢想，相信願意去做，一定會成功。

總結以上幾點，自己能從事愛做的事情及興趣，讓我覺得每天都過得很充實、很開心，也常常跟班上同學分享，像是畢旅的影片，剪輯完後都會分享到臉書上，讓大家欣賞我的作品，覺得很有成就感，這機會很難得，能夠發揮自己的興趣，希望之後升上高職，能學到更多我不知道的技巧，也可以增廣見聞，提升更好的品質。

我有一個夢——成為作家

羅心怡

我很崇拜那些寫小說的作家們，他們將一個個的文字排列組合成了一篇篇的故事，他們總讓我沉醉於他們的字裡行間，完全地融入角色，徜徉在書的世界裡。

讓我踏足輕小說這領域的書是御我的《吾命騎士》，看著主角充滿智慧的筆觸，讓我不禁打從心底會心一笑。後來我繼續借了很多的小說，每一本都讓我打從心底感到佩服，於是，這也讓我夢想確立了，我想——成為作家。

於是我開始寫小說了，在撕了一頁又一頁的紙，否定了一個又一個的故事之後，總算，創造出了小說的雛形。在決定了世界觀以後，我開始創造人物，看著一個又一個不同性格的角色出現在我筆下，我覺得好有成就感，雖然目前我還無法把他們的故事串連起來，但有一天，我一定要創作出只屬於我，最特別的故事。

為了要朝目標邁進，我要學習的是組合文字的能力，相信我一定可以讓作品字數多到可以編輯成書，一本內容充實，獲得眾人喜愛的書！

我有一個夢——用英文闖天下

陳沛慈

每個人都擁有夢想，人類因夢想而偉大。不管是想要當一國之君、想要環遊世界、想要登陸火星、又或者想要做什麼能夠驚動全世界的壯舉，都是人們心中渴望達成的夢想。這個名為「夢想」的小小種子也在我的心中漸漸地萌芽了。我的夢想，就是說一口流利的英文，走遍全世界，好幫助自己親眼看見每個國家的美和歷史。

小時候總看著常到國外出差的爸爸四處遊歷，感覺很有趣、好玩。但等自己長大了一點，第一次與家人踏出台灣這塊土地，來到陌生的環境後，才發現出國並沒有想像中簡單。我理解到外語能力的重要性了，聽、說、讀、寫都很重要。所以我為了讓自己的英文變好，讓自己能離夢想更近一步，我開始行動了。

首先，我為了學習適應外國人說話的腔調及流暢的速度，每天晚上都會聽英文廣播頻道，訓練自己的聽力，同時矯正語調；其次，我規定自己每天背一些英文單字，也會讀英文原文書，增加閱讀能力；另外，我也很喜歡聽英文歌，遇到自己喜愛的歌都會上網查歌詞，並對照中文翻譯，不但學到新的單字、文法，還能學會一首英文歌，真的很有成就感。每天保持學習英文的熱忱，付出一點時間、心力，是我為了夢想而澆的水、施的肥。

努力了很久，也曾經跌到谷底過。大概是國二的時候吧！我自信滿滿地去考全民英檢，想測試自己的實力到底在哪裡。雖然初試很順利地過關了，但接下來的複試卻讓我吃盡了苦頭，第一次沒考過，接著又因為自己的健忘與怠慢而錯失了考試的機會。雖然一波未平一波又起的突發狀況，重重地打擊我的信心，但我想這是老天爺給我的機會吧！在這段等待考試的日子裡，我加緊把握時間，每天花一小時把單字背熟、勤做練習題、收聽英文廣播……等，終於，機會是留給準備好的人，努力過後我考過了全民英檢初級，當下拿到檢定通過的證書，真的好有成就感，覺得一切的努力都值得了。這是我完成夢想跨出的一小步。

名為「夢想」的幼苗正盡情的接受陽光的照耀，漸漸的長出葉子，我也在努力的為環遊世界、與各國人交流的夢想做準備。或許這個夢想有點難度，努力的過程也很辛苦，但沒有暗礁哪能激起美麗的浪花呢？我相信只要我勤奮地學英文，總有一天小種子也能開出美麗的花朵，我的夢想也一定可以實現！

尋找夢想

李亭頤

人生就像一列火車，路途上會有很多停靠站，很難有個夢能自始至終陪著走完。

回憶童年時，拿著水彩顏料於紙上作畫，用純真灑滿了紙上天下。晨曦、古剎、閒雲與野鶴是到訪圖畫紙的常客；調色盤、鉛筆、彩色筆總陪伴在我身旁，也不知多少衣服沾染七彩的顏料，只記得那時天真地拿著蠟筆說以後要當畫家。長大後，課業繁重，成天埋首於書本的世界，鮮少時間去作畫，更因美術課時遭老師屢次批評繪畫天分，開始憎恨繪畫，甚至認為當畫家是很可笑的。日子一久，便再也沒拿過蠟筆了。那年8歲，列車停站，畫家從車門中消失在我的生命裡，我永遠忘不了他的存在，只是記不得他為何存在。

三年前，開始喜歡寫作。假日時，總會沏一杯清茶，房裡飄盪著曼妙的音樂，沉浸於字裡行間流露的情感，萬物得以在稿紙上重獲生命。寫作，非堆砌詞藻，而是感情的堆疊。感情，用華麗的詞語來描述顯得過於做作，用平凡的話語表達，簡單卻也一針見血。寫作，是我生活中平凡的美麗。同時，我也接觸並喜歡上街舞，把房門關起，放著節奏分明的音樂，在鏡子前展露自信。國中有了熱舞社後，越來越多人陪著我跳舞，更有許多人是值得我學習的。有次，學校帶著熱舞社去高中表演，為了那次表演，千辛萬苦的練習，即使汗流浹背也想做到最好，那次表演真的學了很多，也更確信自己真的很喜歡跳舞。列車停站，作家、舞者還有熱舞社的朋友們上車，這些興趣多年後可能會成為夢想，抑或是在下一站下車。

人生，就像一列開往人生終點的列車，中間會停靠哪些站、會有誰上車你並不知道，不如把握當下，珍惜每一個現在，或許有個夢上了車，就是一輩子吧！認真面對那些匆匆過客，即使下了車，也得心存感激，然後揮手說再見。下一站，夢想。

我的夢想

徐丞儀

每個人都有一個小小的夢想，我也不例外。人因夢想而偉大，像許多傑出的人都是因為有夢才成功的。我的夢想不是什麼大老闆，而是一位老師。別人或許會覺得我很土，但是我卻覺得是個很棒的夢想。

在我的生命中出現了很多改變我的老師。像我的六年級班導，儘管已經是放學時間，她還是不厭其煩的教導我們。每次上課，老師總是把最完整卻最精簡的內容教給我們。老師還教導我們如何自主思考，不會只背下死板板的課本。老師幫我們整理重點，並教我們讀書方法，對未來的我們，是多麼有幫助啊！在我心中，她的地位遠遠超過了那些月入百萬的大老闆。她對社會的貢獻不是賺很多錢，而是「用心」的培育國家的幼苗！

當一個老師可不是那麼簡單的一件事，每天要像一個和事佬一直聽別人吐苦水，又要讓那些無法吸收那麼快的同學能夠學習，其實是一件很累的事。因此，班上有跟不上的同學，我就去幫助他，當你教一個人的時候，你的概念會更清楚。班上任課老師上課，也可以順便學習老師們的優點，修正自己教人時的方式，也可以學到更多的東西。

各式各樣的老師，各式各樣的風格，各式各樣的想法，都是為了學生好。我想當一個「不一樣」的老師。想當一個像我小學六年級時的班導那樣的老師，可以和同學一起玩樂，沒有所謂的師徒之分。雖然有時上課進度很慢，但還是可以暫時停下，把他們不懂的都搞懂。雖然我現在還沒辦法做到那麼多，但有一個夢想，讓我有目標。有一個很大的夢想，讓我有方向可以努力。所以，我想要當一個像我小學六年級時的班導那樣的老師！

我從小的夢想——服裝設計師

邱品慈

我從小就立志要當服裝設計師，是因為有一次我在電視上看到知名服裝設計師吳季剛的新聞，新聞上說很多名人都很喜歡穿他所設計的衣服，就連美國第一夫人蜜雪兒也不例外，這讓我非常佩服，心理出現了——「要是我也能讓名人穿上我所設計出來的衣服，不知道會有多風光啊！」的想法，於是，服裝設計師從此成為我的志向。

不管是什麼樣的行業，成功最需要的關鍵都是一樣的，那就是勤奮的練習。現在的我唯一能朝夢想前進的方法就是多磨練我的畫技，在閒暇時我總會把我的畫簿拿出來，將想到的靈感畫成圖案，又或者我會在出去玩的時候多多注意四周的景色，好成為創作時的靈感來源。走設計這條路最重要的就是靈感，名設計師吳季剛就是有源源不絕的靈感，才能做出一件又一件令名人們為之瘋狂的漂亮衣服，對我而言，他就是我的偶像，也是我學習的目標。我之所以會想從事服裝設計師，除了本身對繪畫非常有興趣之外，就是因為想和他一樣，讓自己設計出來的作品被大家看見和肯定。

很多人說，走服裝設計師這行的幾乎都很難養活自己，雙親也是如此跟我說的，我自己其實也非常明白，能成功的機率幾乎接近萬分之一，可是我並不想要放棄，這是我從小到大的夢想，要割捨是多麼困難的事，我還是會找一份能夠養活自己的工作，等生活穩定了，才會開始從事我的興趣，至少要先能夠把自己養活，之後才能放心從事自己真正喜歡做的事，這是出社會的第一原則。

實現夢想的過程本來就充滿荊棘，沒有人的路是平穩的，除了刻苦勤奮地練習自己的技巧之外，還要能面對路途中的種種困難，追夢這件事本身就辛苦，但如果能堅持到底，總有一天夢想不再只是夢想，而我也會繼續努力下去，實現我的夢想。

夢想畫布

陳宛妤

人因夢想而偉大，每個人心中都有一個夢，有些人的夢隨著時間而淡化，但是如《神隱少女》這部電影所說的：「曾經發生過的事是不可能忘記的，只是一時想不起來而已。」而夢想更是如此，雖然許多人長大後都淡忘了童年的遠大目標，但是夢想是不會離你而去的，就如同家人一般，永遠不會離你而去，並在你生命中的畫布上灑滿色彩。而我追求的夢想便是將自己的生命色彩，揮灑在這世界的舞台上。

自懂事以來，我一直對「繪畫」感到疲乏，認為這些精巧細緻的工作與自己的個性天壤之別，但是，自從我看完了梵谷的《星夜》後，便對這些畫作有了新的感想，也了解到藝術是多麼特別的事情。從印象派畫家的莫內到知名的動畫大師宮崎駿，藝術的範圍是如此的廣泛，如此的多彩。而這炫麗的色彩便漸漸的為我的心染上了熾熱炫目的一頁，而原本空空如也的心，頓時被名叫「夢想」的少年給填滿起來。

自從看了這麼多的畫作後，我的腦內的情感便像湧入泉水一般，不停的灌入腦中，手中的握筆也有如身段優美的舞者一般，在純淨潔白的畫紙上跳起優美的華爾滋。雖然，有時會不小心被自己絆倒；有時會不小心踏錯步伐。但是，這些對我來說都不足為懼，因為「當你真心追求渴望某種事物的時候，整個宇宙都會聯合起來幫你完成。」而且若是因為小小的挫敗就止步不前而失去了路標的話，就如同《愛麗絲夢遊仙境》所說：「如果你不知道要去哪裡，那麼你現在在哪裡一點都不重要。」因此，我在這逐夢的過程中，除了得到通往夢想的天梯外，更是獲得了踏上這天梯的勇氣。

經過了多年來的努力，原本只會畫「意象派」的我終於也可以畫出一幅能說出一則故事的畫作了，雖然它並不像其他偉人的畫作那麼澎湃、那麼宏偉，但是，卻將我滿溢而出的心意表現得淋漓盡致。而我很慶幸，當時的我並未因一時小小的挫敗而跌入深淵；我很慶幸，當時的我踏出了追求夢想的第一步；我很慶幸，在追夢的過程中，我得到了那「二十秒的勇氣」來勇敢追夢。在這樣既美好又艱苦的過程中，我了解到追求夢想的美好；達成目標的喜悅；跨出腳步的勇氣，而今後，我也會繼續將自己的心，透過色彩、透過畫筆，向這美好的世界畫上嶄新的明天。

雜感

我

林芳瑀

我是誰？我是個怎樣的人？看似簡單的問題，但卻難以回答。自己有什麼個性、人格特質連自己都不太知道，於是只好用幾個詞來形容我所認識的自己。

仔細想想，我是愛吃的，零食、正餐、糖果，一個都不會放過，即使吃到肚子都鼓起來了，我還是有辦法吃甜點。至於個性，有些固執，有些瘋癲，也有些多愁善感。遇到渴望的事物、自己的想法，我會堅持己見。看到喜歡的東西，我會興奮地大叫、亂跑亂跳。閱讀到憂傷的小說或是青少年愛看的戀愛小說，我會投入角色，受到情節影響轉換心情。

另外，我是有目標的，媽媽對我說：「如果你會考分數能到第一志願，我就帶你出國。」一說完，馬上燃起我的鬥志。誰說很多青少年都很迷茫？不見得。也許之前是這樣，但現在我有一個向前進的動力。只要有目標，我相信什麼都能做到。

集結以上的形容詞，這就是我，獨一無二的我。可未來的路還很長，人都會改變，隱藏的特質也會顯現出來，完整的我，值得慢慢去探索。

我和音樂的緣分

張芸倢

猶記，年幼時的我聽見樂聲便會不由自主地手舞足蹈，且跟著哼唱幾句。莫約在七、八年前，鄰居給了我一台雖舊卻無損壞的鋼琴，我和它的友誼便開始滋長。

起初，這龐然大物挑起了我的興趣，時而在鍵盤上敲個幾下，那音符聽起來多麼清脆悅耳，令人感到惋惜的都是單音彈奏，零零落落的。母親注意到鋼琴引發了我對音樂的好奇，於是讓我踏上與音樂的緣份之路。

學琴的過程，無比艱辛，令人既愛又恨，沉醉於它的美，卻又對於它給予的壓力感到咬牙切齒。音準以及節奏是我的弱點，不是分辨不出音符，就是節奏忽快忽慢。學琴初期，時常全神貫注地練習一首曲子，卻怎麼也得不到成效，使我和挫折成為了好友。但我很幸運的遇見了一個誨人不倦的老師，以及讓我從瓶頸的束縛中脫困的家人。因為他們的一路陪伴，由於他們的鼓舞，讓我更能安心地暢遊於音樂的海洋。

此刻，我能胸有成竹、自信滿滿的站在表演舞台上，都是堅持不懈的努力使我能站得挺拔；背後的支持、鼓勵讓我更能挺起胸膛。過去那些零碎的音符，此時也已找到歸屬，共同譜出屬於我且令人陶醉讚嘆的樂章，洗滌了眾人的心靈，也豐富了我的成長。

我的奶奶

龔彥綸

巷弄裡，還可以清楚聽見老人家的對話聲音和內容，走近一看，有許多曲折的小路，而路兩旁的房子，有的像作畫後一般的牆壁，有的卻空白一片，顯現出了這條小路的房子新舊交錯著，而住在裏頭的住戶，卻幾乎是年過七十的老人了，這裡就是爸爸的老家，是個眷村，而裏頭原本該是小孩玩耍歡樂的聲音，卻因為時間的流轉而逐漸消失了，年輕一輩到都市找尋工作機會，留下一群孤苦伶仃的老人在此生活。走進這裡，彷彿是穿越了時光隧道，看到了熱鬧巷子裡有大人談笑小孩嬉鬧聲，回過神來，卻甚麼也沒有了。

在這裡，不管是哪個人，一定都聽過這個人的名字，而這個人，正是我的奶奶。大方又和藹的她，常常與朋友分享事物，每個人看到她都親切的打招呼。每次回去奶奶家，她都會煮豐盛的菜餚讓我們品嘗，我們吃得津津有味很滿足，卻絲毫沒有表達出感情回應奶奶，我們總是吃完飯，安靜地等待時間流逝，時間到了，完全沒有不捨的感覺就上了車，靜靜等待車子發動後帶我們離開，無論是哪一次，都是頭也不回的離去。偶爾吃完飯後會有說有笑地聊天，但終究只是偶爾，也沒有多那麼一點的幾句話。

從小直到現在，我還真是不太認識自己的奶奶，冷淡的對話，讓我們產生了一段距離。就這樣日子一天接著一天過去，時間正在和生命賽跑著，當時間跑到了終點時，生命也隨之消失，於是在一個緊急的夜晚，我的一個親人就這樣離開了人世，原本只是躺在病床上，靠著點滴來維持生命的人，沒想到就這樣離開了我們。

頓時，我才驚覺到，為我們付出那麼多的奶奶，卻沒得到我給她的任何回報，我的心裡開始愧疚，非常難過，過了一陣子之後，我才開始努力，努力讓自己，使家人、朋友開心和歡樂。我的奶奶，給了我大大的提醒，無論對誰，都要誠懇，別人給甚麼，你就要用相同的努力來回報他。奶奶，謝謝您！

畢業旅行

呂安蕎

在得知畢業旅行的日子後，每天總是在倒數著日曆上的日子，滿心期待著要去旅行，，時光飛逝，很快就到了旅行的日子。在旅行的過程只覺得好像還要很久才會結束，但回頭想，我已經在回味這三天的點點滴滴了。

旅行的第一天早上就發生了一個小插曲，就是阿樺在我家吃早餐出門後，才想到他的手機放在我家，所以一大早就跑得氣喘吁吁。到了學校最期待的是領隊是誰，結果看到「阿翔」就覺得有點幻想破滅，外表上給人一種面帶殺氣的感覺，但相處之後其實他是一個既好玩又有趣的領隊。

在前往義大的路上，我們開始歡唱，氣氛有夠high。剛到達義大才玩第一個設施就「濕身」了，後來進去室內遊樂場玩一個叫CRAZY BUS的設施，那時候我們有很多人要玩，就「包車」了，搭上去之後有人突發奇想說要唱校歌，最後唱到周遭的人都在看我們。之後去玩了海盜船，簡直就是我的夢魘，我旁邊的人在大聲告白，而我已經頭暈目眩到差點就要吐在他身上，因此到了在遊樂園的最後一站——醫護室，雖然很不舒服，可是在護士姐姐的細心呵護下很快就恢復元氣了。晚上就是摩天輪時間了，雖然在搭上摩天輪前需要經過漫長的等待，但是搭上後發現那等待是值得的，在高處眺望高雄市區那種心情真是愉快，城市的燈光一盞盞地閃爍著，映入眼簾的美景趕走了沉積已久的壓力，也湧上了排山倒海的感動。

第二天來到了台南的奇美博物館，在烈日的照耀下，雖然人快要熱暈了，但博物館內的藝術氣息讓人流連忘返。後來到了溪頭，氣溫反差好大，強烈的溫差和海拔的高度變化以及蜿蜒的山路，以至於後來班上很多人都暈車了，連護士姐姐都無奈地說：「怎麼都是同一班的同學！」幸好後來大家的身體都漸漸好轉了，才能參與接下來的晚會。酷炫的聲光效果和精彩的領隊表演一度讓氣氛飆到最高點，帥氣的領隊讓好多女生都有了戀愛的感覺，我們班也是氣氛製造者，整場沒有人比我們還要high。回到飯店休息後，有個平常是溫柔型的漂亮少女，居然做出了令我們意想不到的行為：把玩偶的衣服扒光，真是讓我們大吃一驚。

第三天美好的早晨，我們房間的女孩們悠閒的泡起茶，配著晨間新聞，等待著集合時間。吃完早餐後搭上了車子，前往九二一地震園區，又是豔陽高照，看著留下來倒塌的房屋和隆起的操場，可想像到當時的災情有多嚴重！最後也來到了旅行的最終站——鹿港老街，去感受了熱鬧和人潮擁擠，還發生一起碰撞事件，班上的某位高個子男生的頭與路牌親密接觸了，領隊阿翔立刻驚慌失色，趕緊關心照料，幸好後來沒什麼大礙，只有稍微流了一點血。

最後搭上遊覽車，居然沒有想回家的感覺，反而覺得「下一站要去哪？」有一種旅程尚未結束的心情，即使心裡是這樣想，但事實是旅程真的要結束了。回家的路上我們以歡樂的歌聲遮掩了所有難過，免不了的當然是必須和領隊說再見，在分離前他也和我們真情大告白，也給了同學們說感謝的話，最後以一首「朋友」結束旅程。

這三天愉快的日子我會好好收藏在回憶瓶裡，很開心和十七班的同學、老師、領隊留下了屬於我們的美好回憶，也謝謝班導包容了我們十七班這群問題多又麻煩的孩子，在我們遇到困難時幫助我們。「一七」這兩個數字讀起來有「一起」的感覺，也許我們人無法一直在「一七」，但是回憶可以把我們的心連在「一起」。

貓

張芸倢

「喵——喵——」，朝氣蓬勃的清晨與日落前的黃昏，少不了這悠閒的叫聲。相對於大街的市聲鼎沸，在無人的巷弄裡，更能凸顯它的特色。那慵懶的叫聲襯托了冷清，沉浸在金黃色的餘暉，別有一番風味。

貓的腳步輕盈優雅，走起路來不疾不徐，每一步伐踏得驕傲卻不失禮，猶如貴族高不可攀。牠柔順的貓毛和毛色，在陽光的照耀下顯得格外耀眼，猶如一襲華麗的袍子，一身剪裁，完美無瑕。有時，牠在屋簷如閃電般迅速移動，步履如飛，速度快得令人暈頭轉向。霎時間，早已消失得無影無蹤，這是牠深藏不露的一面。

貓擁有一雙銳利的眼睛，那眼神總使人直冒冷汗，一切事物彷彿在牠目光所及下，硬生生地被牠扒開了外表，展露無遺。牠還有一雙柔嫩的手，貓掌裡有著牠的溫柔，卻又藏著牠的恐懼。溫柔將畏怯深埋其中，這或許是牠保護自我的方法，雖看似堅強但很脆弱。

貓的可愛，不僅是外表，更是那脫俗不凡的氣質。因為有牠，巷弄變得不平凡；因為有牠，為日落的蒼穹增添色彩。「喵——喵——」，你是否有聽見，那慵懶的叫聲？

師長文采

讓閱讀超越自己

林祺文

西漢・戴聖《禮記・中庸》：「君子之道，辟如行遠必自邇，辟如登高必自卑。」在人生的路途中，閱讀學習如同登山一樣，必須一步一腳印，穩健踏實往上前行，才能攀越高峰，踏上頂峰，讓自己學習的理解層次隨之提高，君子之道如此，自我超越也是。

在登山的過程之中，我們隨著腳步慢慢的前進，眼前山林環境的景象也將逐漸轉換，呈現出不同風貌。腳步即使越沉重，卻更是高度的提升，視野的擴大。極目所見，無垠天地，浩瀚乾坤，盡納胸臆。登高得以望遠，你的眼界、你的心胸、你的人生觀、你的價值觀等，都將因此改變。閱讀也如登山，透過不同層次的閱讀，將帶給我們不同的視野與心靈饗宴。

校長愛山，更愛閱讀。透過閱讀，校長也能感受到如同攀登高山百岳之樂。走進文字的世界一如進入山野的探索與挑戰。「打開一本書，打開一個世界。」校長期望同學們藉由閱讀打開胸襟，站在別人的肩膀上，看得更高、更遠。除擴大自己的視野，累積自己的知識力量，增加人生的多層次變化與深度外，並成為實踐知識的行動者，在未來更能夠成為自己與他人生命引路人。

讓閱讀超越自己，藉著閱讀人物傳記，可以了解主角人物生命中面對困境的寶貴智慧、動人的真情以及在無奈的現實生活中容忍與釋然，培養超越自己的能力。藉著閱讀天文科普，得以探索奧妙宇宙與自然，即使不能飛上太空、不能潛入深海，也能看見海底世界的繽紛、了解地球以外的乾坤。面對宇宙與自然，我們看見自己的渺小，我們因此懂得謙卑，超越無知與傲慢。

同學們，不論你喜歡哪一類的書籍，養成習慣閱讀它。透過一本書，讓我們窺見一個完全不同的世界。校長相信喜歡閱讀的孩子，一生不寂寞；喜歡閱讀的孩子，心中永遠充滿喜樂。我們的人生會因為愈讀愈懂而愈快樂。

我的第一露

——致　想踏出露營第一步，卻遲遲走不出去的朋友

鄭怡卿

一切都是因為那四顆睡袋。

那一天，手機死當，購物APP的螢幕亮了整天，一番詢問研究仍無法還原主畫面，正心煩著必須大老遠送回原廠修理，螢幕上購物網站睡袋的大特價吸引了我的目光，幾近打五折的價格可省多了！就這樣鬼使神差地訂了四顆，想是手機壞掉心煩意亂下的不理智行為吧！

四顆睡袋就這樣進了家。先生驚訝的說：「怎麼？也想跟進最近的露營風潮嗎？」購買當下純粹貪便宜，壓根沒任何想法的我，被先生的這句話一點，反倒覺得替自己當下敗家的不理智找到了解套：「對呀！去露營不就得了！」於是開始努力詢問常在露營的同事，他們開心的與我分享露營的喜悅，並且熱心的指導我還要添購哪些裝備。「天呀！這犯的錯可真不小，為了四顆睡袋，我還要再敗更多的錢！」當下立即有了打退堂鼓的想法：「人總不能：『一錯再錯』吧！雖然不是什麼貴婦，但也不至於要在野外把自己弄得髒兮兮，尤其那感覺腳踩進去會爛掉的浴室廁所，多噁！」

四顆睡袋就在家裡「英雄無用武之地」的擺著。兩個女兒看見了，好奇地詢問：「既然是羽毛的，冬天蓋起來一定很溫暖，可以當棉被呀！」「天呀！真是一生錯誤的決定，做了超蠢的事啊！」接下來

的日子是每當看見一次，懊悔便更多一點。
幾周後的某天，朋友到家中拜訪，我吐苦水般的提及那四顆睡袋，朋友當下爽快的決定出借我帳篷和卡式爐，還「曉以大義」的說：「讓小朋友體驗野外生活，才不會是溫室的花朵……」有了她的鼎力相助，我似乎看到那四顆被束之高閣擠在儲藏室的睡袋，一掃「懷才不遇」的陰霾，展露了微笑……
然後，上網訂了一個位於新竹五峰鄉，號稱擁有「五星級衛浴設備」的嶄新營地，第一次的露營，就在四顆睡袋、一頂帳篷、一個卡式爐的簡備下，一家四口「浩浩蕩蕩」的在秋高氣爽的十一月某個周末出發。
蜿蜒的山路一走十數公里，搞得車上三個女生直想吐，只有開車的先生似乎心情不錯，一路哼歌旁若無人。總算三個多小時後，捱到目的地。哇！的確雲霧繚繞，翠綠的山景將我們包圍，清新的空氣直衝腦門，小朋友高興的在草地上追逐奔跑，整路的不舒服頓時煙消雲散，「值得的」我當下這麼想。
這裡雖然美其名叫露營區，事實上主要是經營民宿，民宿主人將山邊的畸零地整平後，加蓋了間廁所衛浴，再弄個簡單的洗手台，便讓人在此搭營，範圍也只不過四帳左右大小，正當初建完成，因此我們一家四口當天有幸一帳包場，嶄新的衛浴設施當然不用擔心「腳踩進去會爛掉」。
孩子玩得起勁，先生呼叫我一同搭帳，自國中畢業後沒碰過帳篷的兩人，七手八腳拆拆裝裝，無數次的錯誤加上天色已暗的壓力，搞得我的心情又不免煩躁起來。在不斷的手機連線朋友指導，晚上安身之所終於在兩個小時後大功告成，「呼！根本不是人幹的，幸好不會『露宿山頭』，真是自找麻煩……」。

夜幕低垂，喘口氣緩緩心情，兩個孩子也跑累了，回到身邊嚷著要吃晚餐。先生得意的向我展示他的冰桶，裡頭有已經洗好的高麗菜、一盒滷好的肉燥、煮好的咖哩醬、一包餛飩和米。「今天晚上只要高麗菜和肉燥加上麵條煮一煮，就可以當晚餐了，明天早上就煮咖哩飯吃。而且，我還帶了餛飩加料，很聰明吧？」看著他口沫橫飛洋洋得意地說著，我也忍不住讚美：「真是聰明，方便又簡單，想得真是周到……」。拿出朋友的卡式爐，把冰桶內的食材大陣仗的擺好，準備「以天為幕，以地為席」，野炊囉！

打開卡式爐側蓋，「空的？」我疑惑地問：「沒有瓦斯罐？」先生邊從車廂拿出瓦斯罐邊說：「幸好我檢查過，看來露營你比我更『菜』呀！」就在他試圖放進瓦斯罐的當下，我突然瞄見了一抹怪異的臉色，「怎麼了？」我不安的問，「罐子太長了，可能買錯了，應該買短一點的……」「買錯了，應該買短一點的？」我不敢相信我的耳朵，下意識地重複了他的話。開了三個多小時的車，現在跟我說買錯了？「那肉燥麵、咖哩飯怎麼辦？」我忍不住提高音量，兩個女兒也立即「演技精湛」地配合著在旁邊呼天搶地，我覺得心中一股怒火就要爆發了。先生趕緊安慰著說：「沒關係、沒關係……我們問問老闆有沒有賣瓦斯罐就好了。」他一連說了幾次「沒關係」，試圖平息三個女生的不滿。

在得到了否定的回答後，三個女生已經餓到不想多說，只唯一「一家之主」仍舊再接再厲地想法子。「簡單，把麵條和高麗菜丟進鍋子，加水請老闆在廚房幫我們煮開，我們再自己趁熱淋上肉燥不就得了……」先生似乎很滿意自己靈機一動的「野外求生技巧」。

半個小時後，老闆親切的幫我們把鍋子抬回營地，還附帶一提：「我怕你們『太清淡』，幫你們換了香菇雞湯下去煮，有幾塊肉啦！」感激之餘，我和先生自嘲地說：「老闆一定心想：『這一家人也窮得太可憐了，寒酸到連塊肉也沒有……』」。就在自行想像地說著說著中，四個人忍俊不禁，相視大笑起來。

真是令人難忘的一餐，聽著迴盪山谷的風聲在寂靜的山間穿梭，一家子席地而坐吃著熱呼呼的麵條，山腳下暈黃燈火在雲霧的背後閃爍，沁涼清新的空氣令人頓釋煩惱。餵飽了肚子，女兒問：「明天的早餐怎麼辦？」先生仍一派輕鬆的回答：「沒關係，有帶幾包餅乾，肚子隨便塞一塞，很快就下山了啦！」真佩服他的總是「沒關係」，多隨性的三個字！我突然想，露營不就是這樣嗎？從中培養野外求生與遇事不慌忙的應變能力，不拘泥執著於既有的生活習慣與模式，擺脫束縛才能讓自己更瀟脫、更能隨遇而安。

第一次的露營後，家裡添購了自己的帳篷與卡式爐，我與先生都很有默契地決定行頭就「到此為止」了，能夠「不役於物」，才能得到真正的放鬆，這是第一次簡備露營，帶給我最大的啟發與收穫。

一場歷史思辨之旅

林耿在

以前我對歷史的印象不外乎就是為了應付考試而去背一些年代、人物、事件，面對這樣冰冷沒有感情的文字，自然就會覺得乏味。但是，最近朋友推薦我呂世浩老師的《一場歷史的思辨——秦始皇》，讓我對歷史有了不同的見解。

在呂老師筆下的歷史不再是死的學問而是活的智慧，書中教大家用思辨的方式去看待歷史，我們會驚喜地發現古人幾百年前發生的事情竟然在現今也可以找到對照組，他們的一言一行，可以當成我們的啟示錄，對往後遇到一樣的情況就不容易犯錯，如果花個幾天時間看一本書而讓自己在往後遇到人生的十字路口能更不易走錯，這樣的投資報酬率不是很高嗎？

「究天人之際，通古今之變」，這是歷史最大的價值所在，但是這樣還是不夠的，除了探討古人的言行成為自己的借鏡之外，我們還要具備獨立思考的能力，把它內化成為自己的智慧，這會將歷史學發揮到最大的功用。

老師也鼓勵同學可以來看看這本書，讓呂老師帶領同學來場歷史的思辨之旅吧！

小時候

鍾清蓮

我很慶幸自己的童年是在一個比鄉下還更鄉下、偏僻又偏僻的地方度過的。我很喜歡在那兒的一切，因為在那兒讓我擁有了快樂的時光，還有許多的玩伴，那是一段閃亮的日子。回憶在兒時的那段日子，常將我帶至快樂的漩渦裏，那份快樂，除了兒時的玩伴，是無人能體會的。

小時候，最喜歡下雨天的早晨。愛望著媽媽在屋前的小馬路旁洗衣服。也愛望著由屋簷滴下來的雨滴，一串一串地落到地面然後跌碎，常幻想自己要是有一串由雨滴串成的項鍊，那該多美呀！我會拿去向隔壁的阿琪炫耀一番。

有時趁媽媽不注意的時候，跑出屋子，光著腳丫子踩著濕濕的街道，淋著由天上飄下來的雨絲，這時候，心裏總有股漲得滿滿的像快樂要溢出來似的。陰暗的天色，天上的雲層飄得如此迅速！大人告訴小孩：那些雲是到山的另一邊挑水，等雲把水挑回來再倒出來，就是下大雨了。那時的我會望著天上變化多端的雲，想著它們要飄多久才會飄到山的另一邊，望著，望著，望著，雲就不見了。

小時候，總愛在下雨天和堂姊躲在小斗室裏的床上扮家家酒，鋪著棉被當自己的家，抱著枕頭當洋娃娃，就這樣，一條棉被，一個枕頭，卻玩得不亦樂乎！直到雨停了，從斗室裡跑出來，望著東邊那條七彩的「橋」又喊又叫又跳。

那時，老家的東邊有一間孔廟，每天有固定的人到那兒燒香拜拜，孔廟的後面有一條小水溝流過，小水溝的盡頭是另一條地勢較低，既深且寬的大水溝，因此水從小水溝流到大水溝時，就像瀑布一般滑下來，由於水流清澈乾淨，我們會把小水溝的水堵起來，等水積得夠多了，再把水放了，然後看著水「啪——」地一聲滑下來，這時一股快意滑過每個小孩的心底，濕濕、涼涼的，好不快樂！

小時候的黃昏更是一段迷人的時間，所有附近的小孩，男的女的，大的小的，都會自然而然聚在一起，玩踢方塊的遊戲，一塊小小、扁扁的石頭，卻能踢出許多的快樂和笑聲。有時玩捉人的遊戲，一個小小的圈圈裏面擠著一堆人，一個人在圈圈外面捉人，被捉到的又到圈圈外幫忙捉人，捉到圈圈內只剩下一個人的時候，再由那個人指定去摸某個東西，有時摸高高的屋簷，有時摸地上的一塊石頭，有時摸某個人，然後大家一窩蜂湧上去摸被指定的事物，再跑回圈圈內，最後一個跑回圈圈內的人又在圈圈外捉人，遊戲周而復始地玩，從不感到厭膩。有時玩打棒球，直到把阿婆的玻璃打破了，才罷手。有時玩過五關、捉迷藏、點羊頭、傳石頭……，稀奇古怪的遊戲，無奇不有，玩到媽媽叫我們回家吃飯，才不甘心地跟媽媽回家，偶而還會折回去，偷偷告訴阿金：晚上再來玩！

前些日子，回到村裡買菜，看見小學時坐在隔壁的阿文，留著長長的頭髮，穿著緊緊的衣服，騎著摩托車飛馳而過，回家後爸爸告訴我，阿文在台北某所大學唸法律系，我不禁感傷時間的易逝。

如今，兒時的玩伴長大了，有的在台北工作，有的結婚了，有的不知去向，在遠方的他（她）們是否也曾回憶小時候……。（寫於大學一年級）

鄉土導覽及手繪地圖

邱儀鵑

一〇四學年度上學期參加內壢國小所舉辦的鄉土導覽與手繪地圖系列研習，分為四次星期三下午時段完成。第一次主題為如何進行鄉土導覽及後三次為戶外導覽介紹。第二、三、四次的戶外導覽主題分別為大溪地區、中壢地區、龍潭地區。為了加強要如何手繪地圖方法，再去旁聽邱台山主任在中壢社區大學星期二晚間一堂手繪地圖方法課程。

鄉土導覽可運用學生的故事進行導覽，導覽元素為時間、空間與故事的結合。時間可透過歷史連結，而空間就是地理環境位置結合，藉由故事貫串起來。手繪地圖的步驟首先設定主題與地點，接著實地探訪，最後繪製地圖。鄉土導覽時看老照片、看建築、看寺廟、看人物、看文物的年代背景、價值及故事延伸的連接，擴充知識的廣度，累積知識的厚度，抽象化為具體。繪製地圖時，首先畫出指北針，再運用google地圖搜尋主題地點周邊，最後簡括地圖。再簡括地圖時，先用鉛筆畫出輪廓，第二層用中性筆黑色〇・三八公厘描邊，最後使用粉彩筆上色。

筆者初體驗選定中壢地區為主題，以仁海宮為出發點進行實地探訪，繪製地圖。實地探訪路線起點為中壢仁海宮、新街國小旁的聖蹟亭、新街國小內的日式宿舍、新街溪、江夏堂、元化院、中正公園、中平故事館、新珍香餅店、大時鐘、中壢醫院、算命相（瞎仔巷）、豬埔仔、老街溪河川教育館。

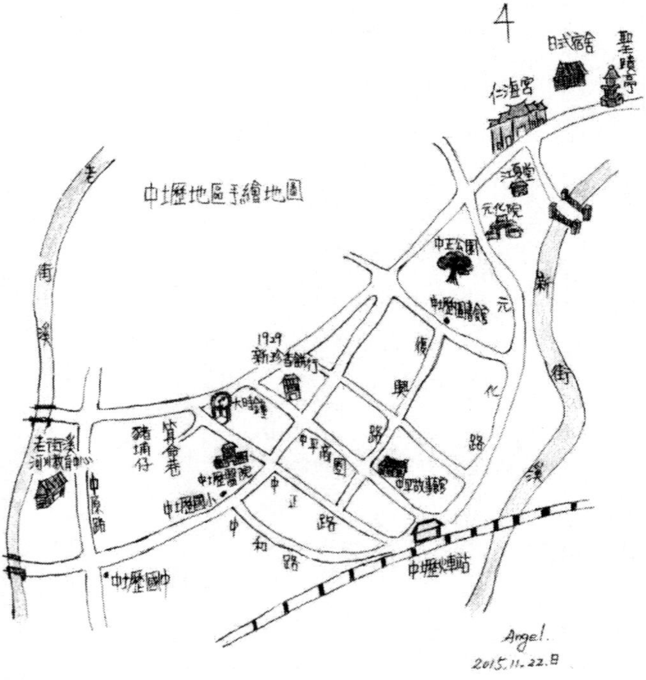
4
中壢地區手繪地圖
日式宿舍
聖蹟亭
仁海宮
江夏堂
元化院
中正公園
中壢圖書館
老街溪
新街溪
元化路
復興路
1929
新玲香餅行
大時鐘
猪埔仔
貨舍巷
老街溪
河川教育中心
中原路
中壢醫院
中壢國小
中平商圈
中壢故事館
中正路
中和路
中壢國中
中壢火車站
Angel.
2015.11.22.日

《蔣勳——少年台灣》的美學演講有感

李文義

今天很幸運地，藉由學生的獲獎，也聽了一場《蔣勳——少年台灣》的美學演講。河流孕育著城市的生命，更是生命的原點……。在巴黎的塞納河，一直都是畫家、詩人禮讚取景懷幽的地方。

巴黎的市長，在每年七月將環河快速道路封道，人工鋪上沙子，擺上三千躺椅，讓市民扶老攜幼親近塞納河。雖然，反對的聲音不小，但在巴黎市長的堅持下，告訴市民，河流是要來親近的。請放慢步伐，緩緩欣賞，孕育巴黎的生命之河。現在每年有非常多的市民老老少少，沉浸在塞納河的浪漫氣氛中。

相對於我們居住的淡水河，不斷地加高防洪工程，也相對地限制住我們親近淡水河的機會！

在蔣勳老師少年時期的台灣印象，他的原點就是在「大龍峒」。早期平埔族稱為「大浪同」，同安人來定居後用漢語改為「大隆同」，又由於清代出了進士文人，仕紳又改為有龍脈相護的「大龍峒」。

所以，蔣勳老師在小時候非常地感謝母親，在父親工作之需要面臨搬家，而他母親沒搬遷到廈門街的眷村，而是選擇了住在「保安宮」旁，那邊的廟宇經典藝術創作，以及大小戲曲，野台戲的演出（一連請三團共同演出同一場戲拚場，演員們也拚演技演出）。尤其是小孩子時期，因為保安宮聘請了國寶級大師來創作，他的藝術天份涵養，在無意中看到「台南國寶壁畫大師潘麗水」就在現場畫畫。其中，一幅「鍾馗嫁妹」，富含了人、神、鬼與死後先人眷念後人的心願，撫慰著人心，更是台灣版的哈利波特。

進了廟之後可以看見：剪黏藝術創作（以前人家有破碗片一定送廟宇當成剪黏藝術）。也可以看看門神畫作維妙維肖（手工藝術創作）。雕龍石刻、清朝木匾的歷史感。例如：鍾馗引蝠（音譯引來福氣）。

台灣所有的廟宇，都非常喜歡畫上鍾馗系列，原因其實除了鍾馗鎮煞除妖降魔外，最主要是告訴大家：「天公疼憨人！」就如鍾馗這樣的狀元被皇帝欺壓了，也無法錄取功名，因而含冤而逝！但是，上天是知道的，給予忠厚的鍾馗在陰間與天庭之間成為了人人敬重的「伏魔大帝」。

另外，鍾馗嫁妹也述說了穿越人間以外的親情團圓的可能，透過誠心祈禱祝福，由廟宇神祇的神力，補足了人們心靈的缺憾。人欺！天不欺。所以，這樣的少年台灣的蔣動，更是無形中深厚了美學素養，豐富了多彩的印象台灣。

我們常常會問你是哪裡人？我們的觸覺、視覺、聽覺、嗅覺，在我們少年台灣時期感官的印象又是為何？開始去產生你的連結與回憶吧！還有珍惜。

成功來自謙恭

楊秀嬌

前陣子有幾位十五年前教過的學生來找我。現在他們正值成家立業的年紀，因為在社會上歷練了幾年，有了不錯的成就，想找昔日老師分享喜悅，我欣喜地赴約與他們敘敘舊。

記得那時候，班上有兩位名字非常特殊的學生，他們都是單名一個字，一個○強、一個○猛，兩位學生一文一武表現傑出，當時我還為他們兩位寫了一篇文章〈強猛雙雄〉，刊登報章。而今這兩位學生果然不負所望，在自己的人生舞台上表現得可圈可點，老師與有榮焉。真的有「得天下之英才而教育之」的喜悅。

除了這兩位學生至今令我印象深刻之外，還有一位學生也給我留下深深的記憶，這位學生相較於「強、猛」兩位，在整體人生際遇上可說略為遜色，國中時期如此，現在也差不多，但他勤能補拙又謙恭有禮，足以讓大家對他刮目相看。由於父母離異的關係，他比同年齡的孩子成熟，在十四、五歲的年紀就要承受許多生活的壓力，煮飯、做菜、做家事是家常便飯，養成刻苦耐勞的習慣。

記得，當時畢業基測成績只有八十八分的他去唸了建教合作班，半工半讀一年之後轉日校，假日再去打工賺取學費生活費，於非常刻苦努力的狀態下完成高中學業。之後先去念輔大進修部歷史系，再轉學考上了中興歷史系，更努力修習中文輔系，服完兵役之後考上研究所，但因為家庭經濟因素不得不放棄再深造的機會，不過，我打從心底非常佩服他的毅力與努力進取。在他國中時我也曾為他寫了一篇文章〈學生上進我高興〉，他的表現套一句戴晨志先生的名言：「成功的人，往往是傻傻做事的人」，一點也不為過。

由於他的各項條件都不是很有優勢，但非常謙虛又待人恭敬，努力地向其他優秀的同學看齊。國中時期，他曾經寫過一篇〈見賢思齊〉的文章投稿到《人間福報》，而學習的對象正是班上的「強、猛」兩位同學，一點都沒有因為同學的表現優於自己而自卑或產生嫉妒心理，從他鼓起勇氣去參加很多同學都不願意挑戰的演講比賽、歌唱比賽及徵文比賽就可以看出他的想法，也因為勇氣可嘉都獲得了不錯的成績。高中時期，因為靠自己半工半讀，更加虛心學習，參加更多的演講、朗讀……等比賽，積極擔任班級幹部及義工的工作，又以國中時期在烹飪技藝班所學的技術，還拿到了一張中餐丙級證照。這些經歷，無形中磨練了他更多待人處事的方法及態度，讓他的人生目標一個一個地達成。

而今他在一所國中擔慈暉班住宿生活管理員的工作，幫助弱勢學生協助他們的生活，但他不以此為滿足，仍努力讀書，想在未來考上公職，當個優秀的公務員。以我這十幾年來對他的了解——「謙虛恭敬又傻傻做事」，如此始終如一的他，一定可以心想事成。

牛津讀書趣

謝佳純

美國九一一發生的那天，我正和同學在英國牛津的Ashmolean博物館參觀，突然日本同學的手機響了，見他神色緊張的說完後，便急切地向我們說明到底發生何事。接著換媽媽打電話來說美國遭受恐怖攻擊了，叫我趕緊回宿舍，不要亂跑。這時只見一台接著一台的戰鬥機、運輸機在天空呼嘯而過。回到宿舍後，在電視上看著一遍又一遍飛機撞上美國世貿中心的影片，大家都哭了。而這成為我開學前最震撼的事情。

在英國，人們稱牛津大學（University of Oxford）為「大牛津」，而我就讀的Oxford Brookes University就是「小牛津」。我的學院是The School of Hotel & Restaurant Management;]現已改成Oxford School of Hospitality Management）唸的科系為MSc International Travel and Tourism Management（現在也改名了！）這個學校的旅館管理專業多項課程在二〇一一全英教學評比中獲得滿分，也是英國大學中就業率最高的旅館管理學院喔！

英國教授教學認真，治學嚴謹，若你不認真讀書、遲交功課的下場就是打包行李回家鄉。看到照片中的木箱子嗎？猜猜那是什麼？上頭寫著「COURSEWORK」，對！那就是學生交功課的地方。在這裡，學生的作業不是直接交給老師，而是在規定日子的早上九點前投入這個木箱子中。交作業的日子一到，在早上八點五十五分左右，你就會看到有兩個辦公室的職員，手拿著膠帶站在木箱子邊聊天，等到

學生交作業的木箱（COURSEWORK）

作者攝於「小牛津」（Oxford Brookes University）

在The Nosebag Restaurant享受悠閒的下午茶時光

八點五十九分一到，你就會聽到很大聲「撕——」撕膠帶的聲音，九點整就封箱，完全沒得商量。此外，記得有一回和教授討論論文前，因為實在太沉迷在韓劇中了，事前也沒多加準備，教授提出問題時，我支支吾吾地答不出來，教授直接說：「你的英文太差了。」結束後，我一路哭著回住的地方，雖然不高興，但心中也下了決定，要把韓劇暫且擱在一旁，專心地準備我的畢業論文。

班上來自各國的同學更是高手如雲，課堂上勇於發問，且問題犀利。印度學生自信心高，約旦學生溫和有禮，大陸學生積極進取，日本學生認真努力。和他們同在一個班，壓力不小。我曾經為了寫報告，在牛津非常有名的「愛麗絲的店」，和日本同學坐在收銀機旁一邊收錢，一邊討論我們的作業。

牛津是一座歷史悠久的城市，處處都有它自己的故事，一處不起眼的屋子竟然是著名的魔戒作者托爾金的住處。牛津市區不大，除了大家耳熟能詳的景點之外，市場裡也藏著一些有特色的小店，河岸旁的公園也美得讓人駐足流連，搭公車配合步行或騎腳踏車參觀牛津是很好的方式。如果累了，別忘了到The Nosebag Restaurant點一份司康搭配奶油和果醬，再加上一壺紅茶，好好享受一下屬於自己的悠閒時光喔！

我的叛逆年代

吳明玉

從小到大，我一直是讓老媽傷透腦筋的叛逆少女，小時候三天兩頭被扁也不怕，到了國高中老媽已經沒力氣打我，只能用哭的罵的，但我還是不痛不癢當成耳邊風，也因此大小衝突不斷，現在想來老媽當時竟然沒和我斷絕母女關係，真是不幸中的大幸！

當然，在那段時光中，也發生過無數鳥事。印象最深刻的就是到了高三，老媽對我的規定只剩下晚上十點前一定要回家，現在想起來她已經是百般退讓、萬分忍耐了，但當時的我對於不能去同學家過夜，一直很反彈，但老媽在這點上卻特別堅持，無論我怎麼吵鬧抗議都沒用。

於是有一天，我竟然異想天開地想出一套自以為完美的作戰計畫：首先我去找一個就住在我家前一條巷子，熟識的國中同學。印象中她家裡是做裝潢的，於是我跟她借了一個木梯，她也很阿莎力地借我，然後偷偷藏在家中後院的防火巷裡，到了準備溜出門的晚上，我先到後院把木梯架好，直通我房間的陽台。大約晚上九點左右，我先把房門鎖好，再將燈和電視都打開，意圖假裝房間有人的樣子，便偷偷摸摸地從陽台藉由木梯爬到後院，成功溜出家門，去同學家過夜，隔天依然去學校上課。放學回家後，依樣畫葫蘆從後院爬木梯回二樓房間，看到燈和電視依然開著，房門依然鎖著，著實鬆了一口氣！再趁老媽下班前把木梯藏回防火巷，本來心裡還有點忐忑不安，等老媽下班後，看到她一無所知的樣子，心裡還超得意，覺得自己根本天才！

不過，事情並沒有這麼簡單的結束。過了約兩個禮拜，老哥突然跟我說，其實老媽那天晚上就發現我偷溜出門的事。原來那晚她看我燈和電視沒關，想敲門提醒我，結果都沒回應，於是從我房間旁與廁所連接的氣窗探頭一看，立馬發現房間根本沒人，她雖然很擔心，但她也不知道我去了哪，只好靜觀其變，直到看我正常下課回家，她也就放心了，加上她很了解我的個性，怕責罵我會讓我更反彈，決定透過跟我感情很好的老哥幫忙傳話：以後要過夜可以，記得跟她說一聲，以免她擔心。我當下聽得內心真是既尷尬又愧疚，五味雜陳，雖然事後我和老媽並沒有把這件事說開來，但高中畢業前，我再也沒有去同學朋友家過夜了。

在逆境中追求夢想

莊淑芬

謝哲青回想過去，從小，他總是讓家人生氣、傷心、失望。直到那天父親開了口，搖著頭說了這句話：「你可能不知道自己要的是什麼，但是你先要知道自己不要什麼。」而這段話，從此成為他生命中行事為人至關重要的關鍵句。

《走在夢想的路上》這本書的作者畢業於英國倫敦大學亞非學院考古學與藝術史雙碩士，看到這學歷，大家會以為他出生富裕，從小品學兼優。但，完全不是。他來自藍領階級家庭，有閱讀障礙，個性叛逆，卻在日後選擇透過登山、旅行、航海與閱讀，來尋覓自己的熱情與夢想。

事實上，這過程充滿孤獨與酸楚。

他以為透過不斷的旅行可以得到救贖，同時，也能逃避家庭與現實問題。但在流浪的旅程中只能與自己相處，而他也為了生活付出勞動與辛苦的代價。

他有難語症，雖喜閱讀，卻無法將一段文字轉化成自己透過口述能說出的語言，但他選擇當導遊、老師、廣播主持人來磨練自己。

經由不同的職場歷練後，終於找到自己的天賦與人生定位。在這本自傳式的旅遊文學，或可說是作者追逐夢想、克服障礙的歷程中，我們看到他的人生故事不浪漫也不順遂，但因人生有夢，所以有得。

這本書雖是人生哲理書籍，但作者敘述自己故事的口吻真誠而平易近人。喜歡看人物經歷故事的話，它真的是本耐人尋味和值得思考的書。

來，尋一生的「寶」

徐偉逸

走在校舍迴廊間，內中學子下課的笑鬧聲，總是最有活力的背景音。而在同一片校園中最能與之媲美的，便是師長們的講課聲了。剛走過一句「白日依山盡」，那盛唐高山的優美稜線便與前一班傳來的「二次方程式拋物線」，以及後一班聽到的立體造型設計，加上樓上飄來的台灣山岳介紹，疊合成一本豐富的課堂剪影集，相映成趣。

就像學生笑鬧聲中的活力之泉，源源不絕，課堂上賣力噴湧的知識與智慧之泉亦如是。在鐘聲與鐘聲之間，懷無敵青春，闖浩浩長流，相信途中自能留下許多美麗的人生風景，踩出自己踏實的足跡。

然而，這幅美麗的校園即景，就是學習的全貌了嗎？我們都知道，無涯的學海不怕奮勇向前的航海王去探索。我們也知道，老師們上課時滔滔灌注的學問之流，縱然可觀，也終究不比那片知識的汪洋、智慧的寶藏。

那麼，寶藏在何方？就在書庫裡、書架上、書桌前呀！入寶山者，尚且不致空手而回，何況是手上輕輕一本卻字字句句都可能啟引一念、影響一生的智慧寶庫呢？古人云：「積學以儲寶。」在這個知識普及的社會，閱讀，更是每個人豐厚生命、積存實力最便捷的法寶。一起來吧！開卷有益！

夏戀歐洲藝術饗宴

邱淑媛

嚮往像天空擁有無數的眼看世界，期盼用眨眼閃動無數的快門，在旅遊的存摺裡匯入剎那變成永恆，掇天為畫摭地為框，子夜時分，隨著787穿越黑暗，衝破一層一層薄薄的霧障，飛向清晨帶露的維也納。

龐大而細膩的安靜中，空氣流動跳躍的音符，低沉幽咽的大提琴聲沿著琴弦，沁入神經的每一條脈絡，音樂精靈喚醒腦內時差，任一處階梯一個轉角駐足聆賞，都分享著音樂敲響的生命節奏。

閒步薩爾茲堡，神奇的魔笛巧妙的引領到莫札特的故居，羽毛筆譜寫的泛黃手稿、偶然傳來達達的馬蹄聲，彷彿穿越時光隧道趕赴一場音樂盛宴，金色大廳　維也納愛樂、華麗的宮廷服裝、悠揚的樂聲，另一步跌入熊布朗宮的鏡廳，水晶燈折射時空交錯的瞬間，遇見六歲的莫札特宮廷表演，靈動的小手隔著絨布在琴鍵展現目眩的演奏技巧，泰瑞莎黃和咖啡香迷惑了感官，看不見遊人如織，只沉浸在音樂的魔力。

自助，讓我懂得改變的勇氣，即使冒險看似不安，但不冒險卻會失去了自我吧！旅行，只為了在人生的不同點找尋最觸動的剎那，保持心靈的悸動，也追逐稍縱即逝的生命光影，偶爾渡口振翅的水鳥飛著飛著也飛入我的鏡頭，在九千公里外成為我的永恆，人生的偶然總是透露著異樣的神祕……。

清晨的威尼斯紫花總是綴滿石磚道，能夠迷路也是一種浪漫吧！海鷗總會指引著方向，日與夜的流動，光影協奏的羅馬競技場，如今也溫柔的矗立著。偶爾悠閒的坐在長椅上讓思緒放空，順著風流動的方向，數著一波波擴散的漣漪，望著雲無心的出岫，感受湖濱小鎮哈斯達特群山環抱的靜謐，真正感受——歲月靜好，浮世安穩。

雖然神祕的黑捷克總躲迷藏似的，夏夜十點才出現，但每天足足可以享受四分之三的日照，陽光燦爛的金色布拉格，北緯五〇度的藍放肆的遼闊，糝上金粉的普羅旺斯陽光灑落的單純，梵谷的向日葵、紫色薰衣草，處處都散發著迷人的光線和世界文化遺產，閱讀一座歷史城市，紅瓦白牆絢麗的千塔之城，視覺填滿了豐富的色彩，心情也隨之彩度升高。那迷宮般彎彎曲曲的幽靜小巷，編織童話小鎮庫倫洛夫美麗的彩衣，繽紛多彩的卡羅維瓦利，任人穿越世紀如貴族般優雅的品啜溫泉，鵝卵石的街道，襯著旅人的影子，風輕輕吹拂，凝結在中世紀的古城。

「琴鍵上，透著光，彩繪的玻璃窗……我站在布拉格黃昏的廣場」。JOLIN的旋律，屬於文明的賽格威雙輪平衡車，也巧妙融合今昔歡樂的氣氛，天文鐘塔、穹頂、城堡、查理大橋，目眩神迷的我，在異鄉學習啤酒釀造的語言，坐在卡夫卡書店旁露天咖啡座，只是單純的享受陽光。

呼吸著須臾的美妙。
偶爾靜靜看著別人的自己，也被別人看的自己已然成了他人的風景。

即使腳尖兀自與石板路熱騰騰的對話，旅行仍留在心深處最珍貴的回憶，中央咖啡館、花神咖啡館，循著作家的思維，佛洛伊德、舒伯特、貝多芬的腳步，陷入沉思獨處也不寂寞的文化氛圍，帶著歐式的輕浪漫，每一瞥的緣份，微醺著旅行的奇妙！窗台上的主人，是細心澆灌像小王子的玫瑰花嗎？定格在時間換取的獨特關係中，主人優雅的轉身，我猜想屋內準備的下午茶，是否也和我一樣？

音樂、繪畫、建築如醇酒令人心醉，沉浸在藝術滿滿的幸福裡！

窗外天光乍現，起落架降下、機翼的減速板升起，嗅覺的記憶屬於機場的味道，免稅店香水的基調，仍會不斷帶領我到另一個國度，輕軌、地鐵、機場，等待下一站，相信美好的回憶，都存在藝術的流裡。

書，寫我的視角

詹青豔

依稀記得那個早晨，可能是閒書、課外書、故事書閱讀的量多了些，也可能是字彙、句子、結構書寫的質好了點，我被指派代表學校參加市裡的作文競賽。接連著許多的晨光時間，當其他同學都在教室裡和各科考試奮戰時，我的戰場就在培訓的圖書館裡面對著一份份的題目和一張張的稿紙，指導教師要求我們不僅要書寫之外，還要朗誦自己的文章給其他同樣參加培訓的選手聆聽。

哪些題目曾經書寫早已不復記憶，更遑論撰述了哪些內容，然而對文字的依賴卻是點點滴滴攢聚積累，透入骨髓。艾米莉・狄金森：「沒有一艘船能像一本書，也沒有一匹馬能像一頁跳躍著的詩，把人帶往遠方。這條航線最窮的人也能走，而且不必為通行稅、旅費傷神：這是何等高貴的車，竟可承載人的靈魂。」因為閱讀別人精闢，或者鮮明，或者慧黠的文字，使我那些貧困或者枯寂的青春歲月裡，多了豐富的想望之旅；也使我那些繁複的或者豐沛的宇宙腦補中，多了舒暢的搔癢之感——準確十足地描繪那些經常隱匿在幽暗角落裡，口拙如我的難以說明與表達的微細心事。

除了閱讀（輸入）之外，文字更是我梳理想法和呈現感觸的最佳夥伴，複雜的多元的社會與各項生活議題，理性引導思路正確，需要架構清楚、邏輯正確的語句，我就在堆字砌詞、堆句疊章中一一陳述著意見和看法。還有更多的是感性時刻，不論憤怒、悲慟，抑或興奮、感動和狂喜，書寫或敲打的過程，情緒也跟著字字句句的出現而釐清與沉澱，接納及放下，抽象的情緒化成具體的表意符號，是一次次的生活紀錄，更是自我療癒的過程。

許多的宇宙奧妙、人性的複雜、事理的辨析就存在於一個個的方塊字組合篇章裡，就在閱讀和寫作中，教人怎麼捨得離開！感謝那些曾經引領教導的老師，感謝這些文字——帶領著我穿越古今，能上窮碧落下黃泉，能夠破除人我身軀的隔閡，馳騁奔盪，開闊境界。而你還在徬徨遲疑嗎？試試看邀請文字這個武功高手，透過閱讀與寫作，一起穿越重重迷霧。

針

針哥哥，愛耍帥
跳高游泳他都來
繫彩帶
游布海
腳兒尖尖游得快
東鑽鑽，西拐拐
到達終點他最愛
原來——
原來——
他是個獨眼怪

邱淑媛

童言童語

鍾清蓮

我有一雙兒女，兩人出生後都在南部成長。兒子是娘家媽媽帶，女兒則由婆婆帶。一個從小講客語，一個則講閩南語，兩人都是幼稚園中班才帶回北部念書，還好哥哥會用不成熟的閩南語和妹妹溝通。

記得兒子還沒念幼稚園中班時，因放暑假把他接來北部以解我和老公的思念之苦。一天吃完晚餐，我和老公一人一邊牽著他那被外公外婆養得肥肥胖胖的小手，在住家附近散步。那晚天上掛著又大又圓的月亮，我就順口說：「月亮都跟著我走。」兒子聽了停在原地忿忿地說：「月亮是跟著我走，不是跟著妳走。」我和老公聽了相視而笑，他看到我們如此的反應就不服氣地指著我說：「不然妳走。」於是我就往前走了幾步，兒子站在原地指著月亮說：「妳看月亮都沒有動。」接著他自己往前走了幾步，而我站在原地，他說：「妳看我往前走，月亮也跟著我往前走。」最後他下了結論：「所以月亮是跟著我走，不是跟著妳走。」（我印象很深刻，還沒念幼稚園的他竟用「所以」這個詞）我和老公都在國中教數學，對兒子這樣的論點比我們拾獲金銀財寶還高興，認為兒子有遺傳到我們邏輯推理以及證明的能力。每當教國三的幾何證明題時，我就會跟學生分享兒子的這段故事。

至於女兒呢？從小跟阿嬤講閩南語，以前在南部吃完晚餐就跟阿嬤一起看八點檔連續劇，北上後，吃完晚餐看半個小時新聞就上樓洗澡、做功課、就寢。在看新聞時女兒問我說：「媽媽，新聞什麼時陣甲會完結篇？」我告訴她：「新聞毋完結篇。」她抱怨地說：「係安那新聞毋完結篇？我ㄟ卡通攏有完結篇。」我只能告訴她每天都會有新聞，她對此抱怨不已！

另一次幫女兒洗澡，我都會習慣性地洗完身體讓她泡澡，我就利用這時間刷牙洗臉。女兒突如其來地問我：「媽媽，人甘係攏ㄟ死？」我毫無考慮地回答：「係啊！」過一陣子突然聽到女兒的啜泣聲。於是轉過頭問她：「係安怎？」她才難過地說：「我怕阿嬤死啦！我嘛怕我家己死啦！」聽得我既覺好笑又心疼。但想想女兒至少是個重感情的人，對於兒時照顧她的阿嬤掛念不已。

婆婆是個節儉的人，女兒從小耳濡目染也有節儉的習性。有次他自己看書編中國結，編得有模有樣，覺得她有天分，於是就帶她去買些編中國結的結線，就在我每種顏色都各拿兩條時，她在我背後說：「妳麥看到什麼攏想買，按呢足浪費錢捏。」在她小小的心裡就有錢不亂花的觀念，這都該感謝婆婆對女兒的教育，影響之深，即使現在女兒念大學了，都保有節儉的習慣。

如今兩個孩子都大了，他們兒時的童言童語，至今仍深刻烙印在我心裡。如果父母對他們所說的話也能刻印在他們心板上，我想為人父母者，夢裡都會是甜美的笑著。

愛在內中蔓延時——關於離別與一段師生情誼

邱淑媛

當炙熱的風捎來離別的訊息，分離畢竟是提前了，我們只能小心翼翼的聆聽花開的聲音，看著傾向飛散的雲絮。日子過了，原來只是另一種召喚！當同學們必須揮別二載同窗，分班是該為人生第一項挑戰作準備了，此刻的心就像燙平的襯衫，規矩、平整、妥貼、不敢稍有妄動，其實這新的痕跡是不善於拐彎抹角的啊！如果能讓心中話語一洩千里會是份美好的延續吧！可以優游於過去，可以細說從頭再闔上記憶的扉頁，懷著滿足的心情說bye-bye。來日的相聚，回憶更可編寫成一首動人的樂章，陪我們喫茶，陪我們促膝長談。

當此刻，我們之間的同學之愛、師生之愛在內中蔓延開來……。

分班之後也開學一週了，總見你們不辭辛勞的從校園彼端翩然而至，是份不捨吧！願意犧牲難得的下課時間，來敘敘舊也好，只是看看也罷，都是有情，不經意間我總看見你們滿眼的思念，四處流竄昔日的點滴，「捨得」真的不是件易事，何況是你們這般純真的個性，但能捨才有得不是嗎？雖然無法再共聚一堂晨昏歡笑，我們的距離也只能支支吾吾的訴說往事，然而曾有的師生情誼畢竟深深牽引著我們。隨著日子匍匐前進，今天，可以慶幸還有機會同看那面國旗冉冉上升；今天，可以慶幸那道柔和的陽光畫上你的臉龐再折射到我的身上；今天，可以慶幸能在長廊上偶遇話家常。該分離是躲不掉，該走的也留不住，能締結一場師生緣總是不易。

還記得

還記得一年級的我們頂著新鮮人的光環，卻只能在校園一角離群索居，車聲、叫賣聲常鎮壓住我們的讀書聲，我們遺世獨立卻又墜入塵囂，雖然那間教室現在已成為音樂殿堂。還記得頑皮的我們總在被處罰時還吆喝著「鞭數十，驅之別院」，雖然我們真的怕疼。還記得慢跑賽我們用豁達的態度展現了運動家的風度，雖然當時導師有些激動，但我們擁有事過境遷的開朗。還記得炎炎夏日，我們蹲在地上貪婪的大啖碧沈西瓜，雖然不符合導師要求的「男生風度翩翩，女生氣質優雅」。還記得午睡時「一、二、三」木頭人的遊戲，總是讓我們驚訝於自己的動作俐落。還記得導師常常被我們逗弄，總是一邊笑一邊流眼淚。

記憶掠過一幕幕的窗，框緊現在的思緒，「還記得」在腦海裡疾馳，直直狂奔而去——

還記得啦啦隊比賽，我們羞怯的打著領帶，在導師的誘騙之下，以異於常人的勇氣出場。還記得合唱比賽，我們模仿空姐紮起漂亮的領巾，雖然我們總在導師的實驗下擔任著模特兒，雖然我們的聲音仍舊秀氣。還記得我們總是到中大烤肉，或任大雨滂沱，或恣意享受愜意的午后，慵懶得躺在球場上做日光浴，雖然導師真的黔驢技窮想不到新地點。還記得籃球賽我們厚顏無恥的拿著彩球，在場邊鬼叫嘶吼到前三強，雖然真的有些丟臉。

還記得搗蛋的我們總愛躲在導師的背後防範同學報仇，雖然導師根本擋不住我們的身軀。還記得我們總愛捉弄同學到辦公室找導師，雖然根本沒這回事。還記得我們總愛和導師玩猜猜看的遊戲。還記得幾回我們像躲瘟疫般衝出門外，逃離臭氣薰天的現場，雖然班上有人的屁屁總是習慣放瓦斯，但導師總會替天行道，為我們報一箭之仇，送這位每日五、六次造成公害的同學衛生講習，讓全班歡聲雷動。

還記得……，還記得……。

好多的還記得，像無底的漩渦，可以談上幾天幾夜。

關於你我的二、三事

脫下新鮮人稚嫩的名字，在你們的國中生涯，忽然也進入了半大不小的二年級，有點心事、有點愁，這段時間似乎是你們較晦澀的日子，課業的壓力、成長的幻滅都讓你們有些浮動——。

我曾經面對半數同學作弊犯著相同的錯誤而大發雷霆，我想或許你們這麼做是對某一科自我放逐的下下策吧！你們沉溺於錯誤的美學，天真的以為虛假的分數只不過是美麗的謊言，我想你們是真的忘了我的教誨，才讓這件事像傳染病似的擴散開來，我的心好驚也好氣，其實人難免曾經犯錯，而我只希望你們用心洗淨這樣的錯誤，當你們終於勇敢面對的那一天，我讓你們撕碎自白書，應該是有說不出的暢快淋漓、輕鬆自在吧！我相信你們能改，所以我讓你們這麼做，就讓無知的過去隨著不見字跡的碎紙片任風送去遠方，不在人生的錯誤中著陸，不再自欺欺人，也能誠實地面對自己。我相信將來面對任何困境，你們一定能成長的！

還記得全班圍著聖誕樹的那一夜，大夥合掌對著星月交輝許下的心願，一明一滅的聖誕燈似乎也在默許那些願望達成，那張寫滿優點的卡片你們是否仍留在案頭？只希望面臨沮喪時，它還能伴你渡過灰色的日子，而你還擁有同學的愛，那一夜寧靜得讓我深信平安喜樂是福。

二年級時，班上的運動健將在校慶風光的獲得精神總錦標，熱血紅的旗幟亮閃著第一名的字樣，吊繩隨著風咿咿呀呀的彈奏，竟兀自唱著離別的歌曲，原來大夥全然沒有警覺分離的到來，那屬於這一班團體的榮譽已畫下休止符了！如胡琴般陪伴上課的聲音也只能召喚同學穿越時空回到從前風馳電掣的日子，操場上曾經馳騁的汗水，突然間都在一眨眼倏地溜去——。

回想起老師生日那天，還真是受寵若驚有些不知所措，其實是有些壓抑啊！老師驚訝著明明每日都神出鬼沒偷看同學安不安份，你們卻能瞞過法眼讓老師渾然不知，這樣的感動或許在當時也不讓你們知道，只能在黑板上回應你們的情感，只是隨著奶油四濺，老師竟然開始慘不忍睹，你們讓老師僥倖的鼻孔還奢侈的呼吸著！這不禁讓老師又回想起另一個烤肉的下午，你我一張張黑炭的臉，彼此互相嘻笑著，那時真不知是我摧殘你們，還是你們蹂躪我。筋疲力盡了，鼻息也還存著甜甜的奶油香，那一天，在靜定的空間裡，望著落日餘暉，掠下夕陽的影子，心中明白美麗的時光總是短暫，但心靈澄清如鏡，感受著師生間濃濃的情誼。

愛，是可以那麼簡單，那麼無所拘束。

偶爾回想你們當年好奇的臉龐問著：「老師，你結婚了沒？」我聽了笑笑說：「還沒，不過我已是四十五個孩子的媽了。」你們喧嘩，一場追本溯源，尋根的衝動於焉產生。其實我喜歡看你們四十五位天真的孩子凝聚成的主體，每回比賽總讓你們愈來愈取得共識，愈來愈愛這個班級，你們都會與有榮焉的愛護這個團體，即使幾隻誤入歧途的羔羊在邊緣游走，你們同學間仍友愛的互相扶持了兩年，這樣難能可貴的情誼怎不深深烙印在我心中？

回顧，總是讓記憶的匣子快要溢滿；分離，也讓同學發現青春這一首短詩，曾經笑過、哭過、愛過、恨過、鬧過、瘋過，日子終究是漸去漸遠了，能再聚首都是種福分吧！當風再起雲再飛，我相信下回相聚時，一個擁抱、一次眼神交會、一句輕輕耳語，都會發現真真實實的走過這一遭，看看朝來的晨曦，離別只不過是思念的開始吧！

羨慕

許勤楨

比許多人幸福，自我產假結束復職，我的兩個孩子白天都是爸媽幫我照顧。每天下班回到離住家僅三公里的父母家，陪伴午覺醒來的孩子散步或在門口玩耍，這時已退休的爸爸正在悶熱的廚房為一家人準備豐盛的晚餐，陪伴孫子一天的媽媽常趁這時候和我聊聊一天的行程：有時去石門水庫野餐，有時去虎頭山看魚，又或是去親戚家走動……，即使不出門，在家畫水彩、玩拼圖、說故事，也豐富了他們一整天。我的孩子和外公外婆在一起，從不曾無聊。

看著孩子與外公外婆相處那撒嬌的模樣，令我既感動又無比羨慕。

父母都是退休教師，年輕時為了照顧一家三個孩子，每天行程滿檔，母親一下班便要直奔黃昏市場採買晚餐的食材。那年代教師的薪俸微薄，為了賺足一家子的生活費，父親晚上兼了夜補校，更是日日早出晚歸。記憶中，我們幾乎不曾外食，父母努力省錢，又要讓孩子吃得營養、健康快樂，打理家庭食衣住行育樂，著實讓年輕的小夫妻費盡心思、耗盡體力。

我是家中老么，自幼便喜歡膩在父母身邊，但上幼兒園前我都在保母家度過（多數的時間都在電視機前），每天出門都是一番哭鬧，捨不得離開溫暖的床和母親的懷抱；而父母花了一整個白天照顧一班五十多個孩子，回到家哪有力氣哄我？每天傍晚時分，我常坐在餐桌邊的椅子，對著在熱鍋前忙碌不已的母親的背影叨絮著累積一天的話匣子，我努力地說，只想媽媽多回應我幾句，回頭望我一眼。看著媽媽撿菜挑菜、洗菜炒菜，這會兒菜盤盛起，那會兒在湯裡加點調味。黃色的光打在母親眼前、瓦斯爐上兩只鍋子，那是她舞台的主角；母親一天的工作還未結束，職業婦女永無歇息之時，她將疲累投注於鍋中，似是想藉熱氣熔化生命中的負荷。

兒時的假日是最美好的，能與親愛的爸媽一整天的相處，但也總是短暫；我的生命中，未曾像我的孩子一般，與我的父母有這麼長時間而密切的相處，因此，我羨慕我的孩子。我也僅有放假時，能和兩個寶貝朝夕相處，讓他們開朗的笑聲撫平忙碌生活中的所有毛躁。待孩子大了，擁有自己的交友圈，想是也不願天天窩在家了吧！為此，我也羨慕我的父母，在孩子成長過程這段獨一無二的時光中，成為他們最重要的陪伴者。

閱讀，是永遠的朋友

陳清祥

如果，你想交一個永遠的朋友，你會怎麼做？

記得小時候，每當到了週六的傍晚，筆直偌大的內壢忠孝路上就會出現神奇的事情，原本平凡的路邊，各式各樣的夜市攤販猶如雨後春筍，開始前仆後繼地沿街擺放，隨之而來的是類似《清明上河圖》的繁榮情景，身為土生土長的內壢小孩，勢必要穿上自認最好看的衣服，準時參加這個屬於內壢的巴西嘉年華會，不僅能沿路和許多好友打招呼、大吃大喝，讓我最得意的是，可以大搖大擺地走在馬路中間，車子——反而才是不速之客。

其中有一個攤位是我的最愛，它很酷，就是十來個方形大木箱，裡面陳列著大大小小的生活用品，你可以把它當成內壢家樂福一．○，因為幾乎什麼都有賣，什麼都不奇怪。

然而，每個禮拜的例行公事，就是從頭到尾掃描一遍，想辦法找到我可以買的東西。當中有一個區塊，專門擺放各種書籍，我總是喜歡閱讀書名、隨手亂翻，甚至幼稚地以為這樣就算看完了。有一天我不經意地發現，有一堆書，名字都是同一系列，叫做《亞森羅蘋全集》。

也許是緣分，或許是意外，我就這樣開啟了閱讀的旅程，從第一集到第三十集，彷彿著魔一般，每星期都迫不及待，至少會衝去買一本，無法自拔。

我永遠都記得，亞森羅蘋他就像好萊塢的電影男主角，狡猾卻帶著帥氣，始終沒有束手就擒，而一直想將他繩之以法的人，竟然是大名鼎鼎的福爾摩斯，不知道為何，本該誓不兩立，我卻感受到一份相互尊敬的友情，不斷對抗他們彼此的價值觀與立場，著實令人玩味。（註：亞森羅蘋與福爾摩斯的對決其實是具有爭議的情節，甚至跟福爾摩斯作者無關）

後來，我又選了一本超級厚的書，它的書名叫做《三國演義》，居然就跟電動遊戲的名稱一模一樣！但是猛一翻開，卻都是一些拗口的語句，例如：「此丁原義兒，姓呂名布，字奉先者也。」慢慢才發現，原來他就是威震八方的呂布，難怪電動中的武力設定值是一〇〇，另外書中也提到，「李儒曰：『知其勇而無謀，見利忘義。』」所以呂布的智力值只有十九，忠誠度始終不到八〇，赫然驚覺，原來一切的奧義都藏在書本當中，於是，我開始把生硬的《三國演義》奉為聖經，照三餐翻閱。

長大以後，時常會想起這段學習經歷，除了回味屬於兒時的懵懂無知，也對於這奇特的情誼感到溫暖、窩心，因為書中的人物從不曾離開，彷彿是我的陳年好友，陪伴我長大，也教導我道理。所以，如果你也想要找一個屬於永遠的朋友，請你來閱讀！相信，透過閱讀，你會找到最真誠的朋友，還有那最真實的自己。

關於馬桶的生命啓示

林怡萱

甲午歲末，有感而發，盼與君共勉。
警語：內有汙穢情事，不喜勿入。

這個故事要從二〇一五年八月開始說起。

暑輔最後一天，我在離開學校前，刻意繞到七一五教室巡視。看看接下來一年的帶班環境與生活動線。不知為何，我心血來潮，走到外掃區（教室隔壁的廁所）查看，一踏進廁間便有一股不尋常的氣氛（其實是一股味道……），彷彿日校經典傳說的花子會伺機而出。不知哪來的勇氣，我決定一間一間的巡察。發黃的尿垢、爆炸的垃圾桶、髒污的地板，嗯，看來接下來的一年，不會太輕鬆。就在我打開最後一扇廁間的門時，花子出現了，不，是吃壞肚子的花子所遺留的一大坨米田共，真的是超大一坨，大概跟我小時候看到的鄉下牛糞差不多大。驚恐之餘，我一邊閃躲蒼蠅的襲擊，一邊死命的踩著沖水閥，深怕花子來糾纏。是花子看到它太大坨，嚇到不敢沖水嗎？還是那時停水了？無限的疑惑在我深深的腦海裡。

新生訓練當天，一群可愛的孩子減輕了我的疑惑與驚嚇。分配掃地工作時，我很擔心沒有人願意承擔清潔廁所的工作，意外的是，有幾位同學主動接受這樣的挑戰，讓我又驚又喜，沒想到在草莓族肆虐的今天還是有幾股清流。

就在我暗自竊喜之際，狀況隨之而來。與暑假案件相比，這次的情況差不多，唯一的不同就是欠缺準心，你可以想像那坨物體堆積在地面與便斗間，譬如為山，未成一簣，止，止在沖不掉。忍住惡臭，請同學提一桶水來，我用刷子慢慢將汙穢隨水流刷進便斗，小心翼翼的拆除炸彈。待地面清理乾淨後，交由同學使用清潔劑刷洗一遍，即大功告成。經過這次的示範後，領悟力極高的女同學都能輕鬆的處理類似的狀況。接下來就不曾再聽到她們大喊：「老師，廁所好噁心。」即使有問題，她們也都能在第一時間處理好。我想也許是老天爺要報答我在暑假做的好事吧！

但男廁就沒這麼幸運了。

先是沖不下去戰役，接著是地雷滿溢之戰，更可怕的是玉米戰爭。

某天，男同學抱怨男廁馬桶中有排泄物載浮載沉，怎麼壓沖水鍵都沒用，派出水管大軍也無濟於事。面對這種沖不掉理還亂的麻煩，我迅速的倒了一桶水，使用化速度為重力之招數，只見它敵不住漩渦嗚人的攻勢，幾番旋轉後，就揚長而去。我回頭叮囑男同學，下次碰這種問題，用一桶水快速倒下去就可以了，別拚命的按沖水鍵，實在浪費。

至於地雷滿溢之戰，應該是某位同學還來不及蹲下，腸子裡的壞東西就急著跑出來了，以致廁間的地板上，正東方、東北東、西南方等方位零散地安裝了五、六顆黃金地雷。這類棘手的問題，導師勢必要御駕親征。責無旁貸的我使用了老方法，加上同學們的協助，耗費四十分鐘後，終於掃雷成功。令我欣慰的是，這次男同學們沒有避屎唯恐不及，而能當我最堅強的後盾，隨時補上清潔的工具與支援。

十二月二十四日，應該是愉快的平安夜，但對負責廁所清潔的班級來說，卻是噩夢一場。年終之際，不少班級舉辦烤肉、吃火鍋的活動，輕鬆一下，無可厚非。但可惡的是，有些同學將未食用完的火鍋廚餘倒進洗手台、廁所馬桶裡，於是平常消化不良的馬桶宣告罷工。一場玉米戰爭也就此展開……

「老師，玉米沖不下去啦！」班上鬼靈精蘇群大喊。

「玉米無法溶解不能用沖，要夾出來。」

「夾不起來！它卡住了。」莫非是誤用漩渦鳴人招式？

「夾不起來就不要夾了。」忙著指導清理淤塞洗手台的我分身乏術，只能匆匆丟出消極的應對方法。但沒想到這個回應卻是日後噩夢的導火線。

隔天中午，傳來淒烈的哀號聲。

「老師，有人大在塞住的馬桶上。」

我在心中不斷飆罵、翻了無數次白眼。為什麼我們沒有吃火鍋還要收拾爛攤子？為什麼不大在別間，一定要大在這個馬桶上？為什麼自己的大便不自己清？為什麼？為什麼？

深呼吸後，我咬牙下了一個不負責任的指令。「不要清了，就讓它臭吧！這樣就不會有人用，大家才會知道它堵住了。」

第三天中午，淒烈的哀號聲再度傳來。

「老師，有人大在都是大便的馬桶上。」

天哪！這位「有人」也太勇敢了吧！竟然無畏惡臭，還敢與它有親密接觸，真該頒發獎章才是。

唉！該來的還是要面對，不可以逃避。戴好口罩、穿好圍裙，取來馬桶吸把，我，慷慨赴義去了。像按壓心肺復甦術一樣，我不斷對著馬桶下水口施力，而每施力一次，排泄物與汙水伴隨一股惡臭從馬桶管口湧出。這招攻擊太強大了，我方驃騎將軍庭瀚大將抵擋不住，棄甲逃逸，柏雲將軍只能給予哀號加油聲的支援。就這樣痛苦了二十分鐘後，事情似乎有轉機，馬桶水的顏色漸漸變淡，從土黃色變淡黃，甚至有時可以看到透明的清水；流速也漸漸加快。但我的氣力用盡，手心疼痛不已，腰桿更是無法直立。這時，第一副將蘇群立刻接手。年輕氣盛的國中生，像是見到仇人般，使出蠻力跟它拚了。雖然蘇群讀書不太行，但通馬桶這件事還挺有慧根的。使用馬桶吸把可是一門學問，不能太用力，免得汙水飛濺出來，但也不能太小力，否則作功無效，而蘇群第一次使用就上手，果然非同凡響。正當我沉浸在欣賞蘇群高超技術時，一陣歡呼聲傳來……

「玉米出來了！玉米出來了！」蘇群像是見到久違的老友般，激動大叫。

哇哇哇，原來傳說中的玉米就是你呀！一根沒有食用過、跟鐵罐差不多大小的玉米被蘇群征服了。這樣的形容真的不誇張，也難怪它會下不去也上不來。

歷時三天的玉米戰爭總算結束，這真是一則以喜一則以憂的消息。喜的是清除掉惱人的阻塞，憂的卻是，教我以後如何面對我最愛的玉米。

行文至此，內容似乎跟生命啟示扯不上關聯，文不對題，應該會被退稿。所以我要嚴肅地從以上的故事來談談生命的啟發：

首先，我們會在生活中遇到形形色色的各種問題，不同問題有不同的解決辦法，但沒有一種可以適用各種情境的解決辦法，千萬別一概而論的使用快速沖水法。有智慧的人，應周延思考問題的根本，並善用有限資源，釜底抽薪，澈底解決困難。再者，遇到困難挫折時，一味逃避只會讓事情惡化的，就像逃避清理阻塞的馬桶，只帶來可怕的夢魘，唯有正視問題，才能安心入眠。

最後，我要特別謝謝打掃廁所的同學：仁傑、蘇群、光潁、依芸、柏雲、正中、庭瀚、宜柔、柔佑、姵慧、梓晴、仁嗣、育奇、心茹、至恩、宗勳、鎮瑋、志語、文諺。感謝你們不畏惡臭，為同學、老師、學校護衛廁所清潔，未來還有一學期，一起努力！

戀

鍾清蓮

烏黑濃密的髮絲，黝黑發亮的肌膚，看似瘦高且健康的身材，帶著令人難懂想一探究竟的表情，在可容納一百多人偌大的補習班教室一隅，規律地上課考試，考試上課。在太陽很少缺席的南台灣，他恆常一件厚重的牛仔外套，在教室裡冷氣開得強時外套可以禦寒，但出了教室他依然穿著，彷彿對溫度無感。

我坐在教室裡，與他的位置形成對角線，只能看見他烏黑濃密的髮絲與那件灰舊外套，看不到他的表情，但可感覺到他上課專注，每週的考試成績也在自己之上。心想：要加把勁！可不能輸他太多，等來年放榜時，祈望兩人名字能雙雙掛在同一學校同一科系。

每天盼望短短的下課十分鐘，看著他從位子上站起往教室後面走，想大膽地看清他的臉，卻又必須保有該死的矜持；身體內的腎上腺素飆高，又要表現出平淡無事；身上每個細胞已瘋狂地向他奔去，又要故作鎮定，外冷內熱表現淡定中，真怕自己會發狂崩潰，但不行，在他看得到的範圍，必須完美表現。

英文老師依然展現他說笑的功力，台下學生齊聲「哈哈——」地笑出，笑得東倒西歪。說笑者依然娓娓道來，面不改色，不動如山，連自己都會心一笑。倏地望見對角線那一角與似稻穗被強風吹拂前後搖擺形成強烈對比的平穩，立即收斂起臉上笑容，隨之而來的是自責與懊悔。該死！為何要發笑呢？他的冷漠嚴肅反而更醞釀成思念愛慕的小河，且源源不絕。

有一天輪到我當值日生，在大家離開教室後，必須將所有抽屜東西清理乾淨，毫無考慮地走向他的位子。真好！有兩張揉成圓球的紙糰，展開一看字體端正成熟，俊秀娟美且帶有個性的字，真是字如其人，寫的是一段未竟的歌詞，他是怎樣的人？跟自己一樣外冷內熱？如獲至寶地攤平夾在自己課本裏，終於擁有屬於他的東西了。

一次在處心積慮的計畫下，間接透過關係問他一道化學題目，那天他朝自己的方向走來，心噗通噗通地跳，然後靜靜傻傻地看著他在自己身邊坐下來講解題目，他身上那屬於大男孩的味道，清新脫俗令人陶醉，有條不紊的講解，令人讚嘆。那一整天，心情一直保持亢奮，有著滿滿的喜悅與滿足。

聯考剩下兩個月，自知不能荒唐度日，於是痛下決定。拿出信紙寫了厚重的一封信，把所有的愛傾洩而出，因為是一封寄不出的信，才敢寫得毫無保留，想用白紙黑字斬斷對他那永無止境的思念與悸動。告訴自己：思念只到今天，明天將是嶄新的開始。重拾被遺忘多時的課本，澆熄內心波濤洶湧的熱浪，撫平坑坑巴巴的心，專心向聯考宣戰。

放榜令人意外，自己如願考上心目中的理想學校，他卻落榜了，那個時刻的他應該傷心難過吧！想到他的落榜，竟連自己上榜的喜悅都一掃而空。

一段三十幾年前青春歲月的暗戀，如今回想，慶幸自己曾有那樣一段悠悠的愛戀。當年的疤痕漸漸撫平退去，如今思忖那青澀的滋味，一味地癡傻，曾經千瘡百孔的心，洗滌癒合後更加堅毅溫暖，若不經一番痛徹心扉的洗禮，又怎知箇中酸苦甜美。

客舟遇雨

黃君儀

無論是客居異鄉細雨中的擺渡，或是疏條交映任由東西的飄流，關於船，總是有著浪蕩漂泊或是瀟灑愉悅的色彩。因此，我心中遊船的畫面是一幅清幽淡遠的捲軸。遊船，應當是如此吧？

但是，經歷兩小時的遊船體驗，在踏出船艙的瞬間，強烈的紛擾後，耳朵彷彿重獲自由，才得以覺察岸上一朵綴著雨水紫花的楚楚可憐，才得以感受阿姆坪碼頭旁草原如此寧靜。

由此趟遊船也領悟：遊船路線，必有中島。

譬如，此行遊船停靠薑母島。土地公廟下，炸溪蝦、炸小魚，「人客，要不要來一盤？」

譬如，日月潭那日進斗金的阿婆茶葉蛋。數百人擠在碼頭，人手一袋啃著蛋的情景，蔚為壯觀！至於口味重要嗎？大家吃的是一種氛圍，好嗎？

譬如，老殘遊大明湖。推想劉鶚登島所見，未必只有對聯和千佛山美景，也許打了幾根香腸也說不定。畢竟從古至今，遊船路線都含有商人的機巧。只不過，俗氣啊，不寫也罷！

船上的那卡西，轟隆隆的馬達聲，船長麥克風不停地轟炸。唉！愧對遠方山嵐，愧對窗外淅瀝雨聲，愧對一片美好靜謐的湖景……

心轉境轉

黃君儀

就像雙人舞一樣，建立在信任之上的舞步才能流暢優美。親師之際的合作，要能到如此境界，則需要不斷地有效地溝通。溝通你來我往中，傾聽理解尊重協調最是重要。

今天我又上了一課。養兒方知父母心，我的兩個孩子，資賦截然不同。我其實一直也在挫敗中不斷地掙扎，失落、無奈、喪氣也常常在我生活出席。老師說他進步了不少，我便安心。反之，我便焦慮。有時一句：「媽媽，你真的辛苦了。」我的眼淚便已擒在眼眶。

這其中的疲乏困頓，恐怕只有經歷過了才懂。我想，一個學習狀況跟不上節奏的十二歲的孩子，他的父母也辛苦了十二年。也許這十二年當中，也和我一樣常常在挫敗中掙扎，也因此，比一般家長更敏感於老師的評價。當我如此一想之後，豁然開朗。心中的擾攘也漸漸平息。

「別人向你扔石頭，就別急著扔回去了，拿來當作建自己高樓的基石吧！」

這次，家長扔擲的不是普通石頭，而是我的試金石。點出了我的盲點，使我成為一個更專業的教育者。

這時代多的是以鄰為壑的行行鄙夫，高山上的溪水總要流向謙卑的大海，海納百川，終能成就其無垠浩瀚……

百尺竿頭，更進一步。自我惕勵，將更臻於完滿！

美好的日子

張雪貞

「小兵，妳要去爬卑南主峰嗎？」「小兵」是我上大學後的第一個綽號，同學認為我做事勤快、熱心，個子又小，就這樣叫我，一叫就是四年。「妳覺得他們會讓我去嗎？」Ｙ頭是我大學最要好的同學，也是登山社裡最有默契的夥伴。「先跟社長報名，看他怎麼說。」Ｙ頭說。社長接受我們的報名，但要求必須完成行前訓練，每天跑三千公尺。「什麼？三千公尺，要我命啊！」我哀嚎著。

Ｙ頭每天晚上監督我一起跑，剛開始真的很難受，但想著我生命中的第一座百岳，心理好多了，忍耐著跑，堅持一個月，終於達成社長的要求。出發後，一切順利。看到我生命中的第一個雲海，美極了！也讓我深刻體會到什麼是堅持與先苦後樂。在這次登山中，每天都累到早上叫不醒，睡得跟豬一樣，同行的社員就叫我「PIG」，社長替我抱不平，怎可叫女生「PIG」？叫「阿P」好了，從此登山社裡，我就是「阿P」，這樣叫我，還真覺得親切呢！

「系運，每個人選一個項目。」班長宣布著。系運是為校慶運動會選拔系裡的代表選手。大一時搶到趣味競賽，大二時沒搶到，跑百米、兩百，我沒那個爆發力，四百好了，拜登山之賜，四百拿到系運第一，代表系上參加校運拿了第二。隔天，田徑隊隊長來傳話說田徑教練找我。「咦？我跟田徑會有關係嗎？」原來校運四百第一的同學不願加入田徑隊，隊裡缺跑千五與三千的選手，教練希望我加入。心想，多稀奇的事！十八年來，都是亂跑，有人要我正式好好地去跑，有何不可呢？

第一次集合練習時，教練把我介紹給大家，大概他年紀大了，忘了我叫什麼名字，一開口就說：「這個小小的新手，就交給阿美調教。」阿美是女隊長，也是練千五、三千，已經大四了，就問我叫什麼名字，有人起哄說，教練不是說「小的」嗎？教練聽到馬上接口說：「對！『小的』比較好叫。」唉！「小的」就正式在田徑隊裡混了。學長、學姊畢業後，大概只記得「小的」，忘了我的真名真姓了。

到了大四，當上隊長，不是我行，是慣例。校慶時要代表運動員宣誓，我同時也是管樂社社員。開幕時，管樂先進場，馬上變裝，上台宣誓，匆忙中，在宣誓後，居然忘了跟校長致敬，就衝下台，當時校長遲疑了一下，馬上請司儀繼續，多數人不知發生什麼事，但我一下來，就被教練訓了一頓，才知道自己多失禮，我大概是歷屆最不稱職的宣誓代表。

大學四年中，在課業之餘，參與了不同的社團，磨練自己的能力，增長自己的見識，也豐富自己的生活，讓自己更有自信，對於畢業後生活與就業，都有很大的幫助。大學四年我沒有白讀，那是我生命中最美好的日子。

少年文學43　PG1804

青春，在下個街角
——中學生作文集

主編／楊秀嬌
責任編輯／徐佑驊
圖文排版／周妤靜
封面設計／葉力安
出版策劃／秀威少年
製作發行／秀威資訊科技股份有限公司
114 台北市內湖區瑞光路76巷65號1樓
電話：+886-2-2796-3638
傳真：+886-2-2796-1377
服務信箱：service@showwe.com.tw
http://www.showwe.com.tw

郵政劃撥／19563868
戶名：秀威資訊科技股份有限公司
展售門市／國家書店【松江門市】
104 台北市中山區松江路209號1樓
電話：+886-2-2518-0207
傳真：+886-2-2518-0778

網路訂購／秀威網路書店：http://www.bodbooks.com.tw
國家網路書店：http://www.govbooks.com.tw
法律顧問／毛國樑　律師

總經銷／聯寶國際文化事業有限公司
221新北市汐止區康寧街169巷27號8樓
電話：+886-2-2695-4083
傳真：+886-2-2695-4087

出版日期／2017年7月　BOD一版　**定價**／320元
ISBN／978-986-5731-76-2

秀威少年
SHOWWE YOUNG

國家圖書館出版品預行編目

青春,在下個街角 : 中學生作文集 / 楊秀嬌主編. -- 臺北市 : 秀威少年, 2017.07
面；　公分. -- (少年文學 ; 43)
BOD版
ISBN 978-986-5731-76-2(平裝)

859.7　　106009041

讀者回函卡

感謝您購買本書，為提升服務品質，請填妥以下資料，將讀者回函卡直接寄回或傳真本公司，收到您的寶貴意見後，我們會收藏記錄及檢討，謝謝！

如您需要了解本公司最新出版書目、購書優惠或企劃活動，歡迎您上網查詢或下載相關資料：http:// www.showwe.com.tw

您購買的書名：______________________________

出生日期：________年________月________日

學歷：□高中(含)以下　□大專　□研究所(含)以上

職業：□製造業　□金融業　□資訊業　□軍警　□傳播業　□自由業

□服務業　□公務員　□教職　□學生　□家管　□其它_____

購書地點：□網路書店　□實體書店　□書展　□郵購　□贈閱　□其他

您從何得知本書的消息？

□網路書店　□實體書店　□網路搜尋　□電子報　□書訊　□雜誌

□傳播媒體　□親友推薦　□網站推薦　□部落格　□其他__________

您對本書的評價：(請填代號　1.非常滿意　2.滿意　3.尚可　4.再改進)

封面設計____　版面編排____　內容____　文／譯筆____　價格____

讀完書後您覺得：

□很有收穫　□有收穫　□收穫不多　□沒收穫

對我們的建議：______________________________

____

____

____

請貼
郵票

11466
台北市内湖區瑞光路 76 巷 65 號 1 樓

秀威資訊科技股份有限公司 收

BOD 數位出版事業部

(請沿線對折寄回，謝謝！)

姓　　名：＿＿＿＿＿＿＿＿＿＿　年齡：＿＿＿＿　性別：□女　□男

郵遞區號：□□□□□

地　　址：＿＿＿＿＿＿＿＿＿＿＿＿＿＿＿＿＿＿＿＿＿＿＿＿＿＿＿＿

聯絡電話：(日)＿＿＿＿＿＿＿＿＿＿＿＿(夜)＿＿＿＿＿＿＿＿＿＿＿＿

E-mail：＿＿＿＿＿＿＿＿＿＿＿＿＿＿＿＿＿＿＿＿＿＿＿＿＿＿＿＿